Jetzt mach schon!

Coverdesign: Autorinnen

ISBN 978-3-7059-0383-8
1. Auflage 2015

Herstellung / Verlag: Weishaupt Verlag, A-8342 Gnas
Tel.: 03151-8487, Fax: 03151-84874
e-mail: verlag@weishaupt.at
e-bookshop: www.weishaupt.at

Druck und Bindung: Druckerei Theiss GmbH, A-9431 St. Stefan
Printed in EU

Jetzt mach schon!

Erzähl ihnen eine von deinen Geschichten …

Tina Bader
Hedwig Dejaco
Doris Eybl
Ulrike Jussel
Maria Kandolf-Kühne
Margareta Langer
Almud Magis
Linda Quehenberger-Dobbs
Sabine Wallinger

Weishaupt Verlag

Inhalt

Vorwort zu den Best-of-Texten

Die Geschichte unserer Schreibgruppe ließe sich aus mehreren Perspektiven erzählen. Sozusagen historisch entlang der Zeitlinie zwischen 2002 und 2015; geografisch nach unseren diversen Schreiborten wie Sapri, Krk, Litschau im Waldviertel, dem Rottenhof bei Persenbeug an der Donau, am Steffelweis, einem Weinberg in der Südsteiermark und schließlich dem derzeitigen Quartier im Haus der Frauen in St. Johann bei Herberstein.

Alle diese Plätze mit ihren sehr unterschiedlichen Vorzügen und Gegebenheiten wirkten auf unser Schreiben maßgeblich ein, denn neben dem jeweiligen Hauptthema (Mütter/Töchter, Tabus, Heldenreise u.a.) gab es auch jede Menge gruppendynamischer Nebenthemen, die in die Texte einflossen und sie bereicherten. Das Thema der Schreibwoche bot sozusagen die Folie, auf der alle möglichen Ereignisse oder Erlebnisse assoziativ und literarisiert eingearbeitet werden konnten. Untrennbar von all diesen Parametern erlebten wir gemeinsam und individuell zugleich eine intensive Entwicklung vom autobiografischen Schreiben hin zu einem literarischen und jeweils ausgeprägten persönlichen Stil.

Als Gruppe erlebten wir eine Entwicklung vom interessengeleiteten Rudel zu einer Freundschaft im Kreise wachsender Persönlichkeiten.

Mit der Zeit stellte sich das Bedürfnis ein, die vielen Texte, die wir im Lauf der Jahre geschrieben hatten, auch für Außenstehende sichtbar zu machen, d.h. zu veröffentlichen. Dem wollen wir mit dieser Auswahl, sozusagen den persönlichen Best-of-Texten aus 13 Jahren, in diesem Band kurzer Erzählungen von 9 Autorinnen nachkommen.

Hedwig Dejaco

Im Malseminar

Christiane war im Apartment geblieben. Sie genoss die Stille im Haus und ihr Alleinsein. Die anderen waren zum Strand gegangen, um zu schwimmen. Vielleicht würde sie später nachkommen. Jetzt wollte sie wenigstens für eine Stunde nur für sich sein.

Sie spürte, wie ihr die Gruppe langsam auf die Nerven zu gehen begann. Immer dieser Zwang, alles gemeinsam tun zu wollen, nicht nur zu malen, weshalb sie ja hier waren. Nein, auch gemeinsames Kochen und Essen, gemeinsame Ausflüge, gemeinsame Spiele, gemeinsame Diskussionen, gemeinsames Gelächter ...

Dabei schien alles so harmonisch zu sein, keine sich vordrängen zu wollen, eine auf die andere Rücksicht zu nehmen. Doch was ging in ihren Köpfen wirklich vor? Sie wollte nicht daran glauben, dass nur in ihr ein Widerwille gegen dieses ach so fröhliche Zusammensein aufstieg. Oder war sie tatsächlich die einzige Gruppenunfähige?

In Gedanken ging sie die anderen Frauen der Reihe nach durch, im Bemühen, sich zu jeder etwas Boshaftes auszudenken, besonders für ihre Zimmerkollegin. Mit ihr musste Christiane den Raum, den Kasten und auch das Bett teilen – eine fast unerträgliche Zumutung für jemanden, der schon jahrelang alleine lebte. Dabei schnarchte diese schreckliche Person auch noch, was sie aber natürlich nicht zugeben wollte!

Womit nur könnte sich Christiane an ihr rächen? Ihre Sachen durchstöbern? Eine Seite aus ihrem Buch herausreißen? Die versehentlich liegengebliebene Sonnenbrille verstecken? In ihrem Waschbeutel wühlen? Ihre Malsachen durcheinander bringen? Adressen aus ihrem Mobiltelefon löschen? Ihre SMS lesen?

Da fiel ihr etwas noch viel Besseres ein. Ihre Bettnachbarin legte größten Wert darauf, in der Früh als Erstes Weintrauben zu sich zu nehmen. Wie sie der ganzen Gruppe lautstark verkündet hatte, würden diese Gehirn und Verdauung anregen und seien außerdem für Frauen in den Wechseljahren besonders zuträglich. Aber es müssten blaue Trauben sein, diese würden ein sehr hohes Maß an Betaflavonoiden enthalten. Um sich solche zu besorgen, nahm sie einen Fußmarsch von 20 Minuten in Kauf. Die grünen Weintrauben, die ohnehin im Garten wuchsen, verschmähte sie.

Christiane ging zum Kühlschrank. Triumphierend nahm sie das nicht als Privateigentum markierte Säckchen mit den Früchten aus dem unteren Fach. Mit Genuss verzehrte sie eine Traube nach der anderen. Dann suchte sie ihre Badesachen zusammen und spazierte beschwingt und zufrieden mit sich und der Welt zu einem einsamen Plätzchen am Strand.

Tina Bader

Vignetten

Lubenice
Lang nicht mehr begangene Wege
Gräber längst Vergessener
Leere Kirche in heißer Stille
Unterbrochen vom Blöken der Schafe
Und dem unermüdlichen Schnarren der Zikaden
Dem Klicken von Fotoapparaten.
Nur das Meer besteht in seiner unerbittlichen Bläue.

Dem Fels abgetrotzte Felder
Umgeben von Steinmauern
Die vor sich hin bröckeln
Häuser ducken sich zusammen
über steilem Abgrund
Mühsal von Generationen
Verkommen zum Touristenidyll.
Nur das Meer besteht in seiner unerbittlichen Bläue.

Wachstum
Der Efeu rankt sich mit starken Ästen um das Gitter.
Den Halt, den es ihm gibt, braucht er längst nicht mehr.
Mein Rückgrat Mutter war schwach, dennoch schlug ich Wurzeln und trieb aus.
Nein, meine Zweige brechen nicht.

Leckerbissen
Die Amselfedern
dort im Schnee.
Wie rote Tinte
das Blut.
Miau

Tina Bader

Der „Reigen“ der Tiere

1. Giraffe

Immer schön den Überblick bewahren – und natürlich auch die Ruhe, aber das versteht sich ja von selbst. Kopf hoch und die Ohren steifhalten.

Mit majestätischem Gang ziehe ich meine Runden, zupfe hier ein Blatt, probiere dort von einem Busch. Manche behaupten ja, ich könne den Hals nicht vollkriegen. Nach denen verdreh ich mir selbigen aber sicher nicht. Das kostet mich nur einen Wedler mit meinem Pinselschwanz und einen Aufschlag mit meinen Superwimpern.

Ich bin nämlich eine Großkarierte, damit ihr es nur wisst!

2. Krokodil

„Na vielleicht bist du ja auch eine Groß- oder wenigstens eine Hochkopferte.“

„Wo kommst denn du auf einmal her, du Zwergkrokodil?“

„Bitte beleidige mich nicht, ich bin zwar klein, aber ein vollwertig ausgebildetes Krokodil! Willst du vielleicht meine Zähne sehen?“

„Nein danke, ich glaub dir auch so. Entschuldige, da heroben ist die Luft so dünn, dass ich manchmal ein paar dumme Gedanken habe. Aber nun sag schon, wo kommst du her?“

„Ich bin aus dem Kasperltheater entlaufen!“

„Wie bitte, könntest du das wiederholen? Du bist so weit weg, ich kann dich nur schlecht hören.“

„Aus dem K-a-s-p-e-r-l-t-h-e-a-t-e-r. Aber wie wär's, wenn du dein Haupt ein wenig bodenwärts senken würdest?“

„Na, da muss ich meinen Hals aber sehr weit senken! – Aber

bitte, weil du's bist. Doch sag mal, ich dachte, es wär lustig in so einem Kasperltheater."

„Für die Zuschauer schon, aber nicht für mitspielende Krokodile, die kriegen immer bloß mit dem Knüppel eins über den Schädel."

„Ja, wer mag das schon!"

„Du sagst es. Aber jetzt muss ich weiter, ich bin nämlich auf der Suche nach einer scharfen Krodilin."

„Aha. Na dann mach's gut, Kroki. Und viel Glück für die Brautschau."

„Danke, du warst mir ein lieber Gesprächsgegenstand – äh – Gesprächspartner. Tschühüss ..."

3. Hase

... Sprach's und kroch davon, während sich sein Schwanz hin und her bewegte.

Sehr weit kam das Krokodil nicht, denn gleich nach der dritten Wegbiegung lag ein Hase mitten im Weg. Ein riesengroßer, quietschrosa Hase. Und mit dieser Farbe, der aufreizenden Körperhaltung und diesem Augenaufschlag eindeutig weiblich – oder stockschwul.

Das Kroko war beeindruckt, ihm blieb das Maul offen stehen.

„Schönes Gebiss", meinte die Häsin mit der sanftesten Stimme, die das Reptilchen je vernommen hatte.

Schnell schloss es seine Kiefer wieder, erstens wegen dem Mundgeruch (denn mit der Zahnhygiene nahm es das Kroko nicht so genau, und jetzt war auch der Kasperl nicht mehr da, der es daran erinnern konnte) und zweitens, weil ihm einfiel, dieses fesche Haserl könne trotz seiner Ungefährlichkeit Angst vor ihm bekommen. Und das wollte es mit allen Mitteln verhindern, denn Kroko hatte es nämlich ganz schön erwischt. Liebe auf den ersten Blick nennt man das wohl.

„Hallöchen“, flötete Kroko aus einem schmalen Spalt zwischen seinen Zähnen heraus, „wie heißt du denn, du bezauberndes Wesen?“

„Ich bin Rosalinde“, antwortete das Riesenhäschen – nicht ohne Interesse, wie es dem Krokodil schien.

Und noch bevor Rosalinde ihrerseits nach seinem Namen fragen konnte, hatte es von ihm schon einen dicken Kro-Kuss bekommen, denn es hatte spontan beschlossen, auf's Ganze zu gehen.

„Tja, meinte Rosalinde nüchtern, „manchmal nähert sich das Glück auf leisen Sohlen“, und grinste bis in sämtliche Schnurrbarthaarspitzen.

4. Baum

Lange währte die Liebesgeschichte zwischen Kroko und Rosalinde allerdings nicht. Es war nur eine kurze, aber umso heftigere Affäre.

Letztendlich war der Häsin der Mundgeruch ihres Lovers doch ein wenig zu streng. Eines Nachts hoppelte sie daher auf und davon, und Kroko wachte in der Früh alleine auf.

Drei Tage lang hatte es Liebeskummer, aß nichts, trank nichts und kam beinahe in Versuchung, zum Kasperltheater oder wenigstens zur Giraffe zurückzukehren.

Okzidentierungslos irrte es im Wald umher und wäre fast gegen einen Baum gerannt. Dieser reckte daraufhin seine Äste wie Arme in die Höhe und riss eine Asthöhle auf wie einen Mund. Mit knorriger Stimme schrie er Kroki an: „Ich habe schon von dir gehört, du bist doch der, der sich ungeniert mit Rosalinde gepaart hat! Hast du denn gar kein Schamgefühl? Nicht auszudenken, wenn demnächst kleine Krokasen oder Hasdile durch die Gegend schwänzeln oder hüpfen, lauter kleine Bastarde!“

„Aber wir haben doch eh ein Kondom benutzt“, versuchte Kroko kleinlaut zu beschwichtigen.

„Schweig!", gebot aber der Baum, „such dir gefälligst deinesgleichen. Mit der kannst du treiben, was du willst, wie oft du willst und wie du's willst.

„Aber ich weiß ja gar nicht, wo ich meinesgleichen finden kann. Außerdem war die Rosi so schön kuschelig."

„Du bist wohl im Kasperltheater groß geworden? Witterst du denn nicht das Wasser mit den Krokodilen?" Keinen Instinkt mehr, wie? Du brauchst bloß eine Stunde deinem Maul nach zu gehen, schon bist du im Zoo. Da warten sie schon auf einen wie dich. Brauchen dringend einen Zuchterfolg, damit die Subventionen nicht eingestellt werden. Dort im Zoo, da kannst du dich austoben."

„Oh, danke lieber Baum", sprach Kroko, der sich unter einem Zoo nicht viel vorstellen konnte. Aber da er seinem Leben einen neuen Inhalt geben wollte, war er gewillt, den Rat des Baumes doch anzunehmen.

„Nenn mich nicht lieb!", schmetterte der Baum, „Ich bin der Schrecken aller Bäume, der Oberhysteriker im ganzen weiten Wald."

„Schon gut, schon gut, du Scheusal", stammelte das Krokodil, bevor es sich auf und davon machte, um nicht zugeben zu müssen, dass es auch keine Ahnung hatte, was denn ein Hysteriker sein sollte.

Erschöpft kam es im Zoo an. Ach, wie war das schlammige Wasser dort herrlich! Nun wurde ihm erst bewusst, was es die ganze Zeit vermisst hatte. Und Krokodilsdamen zur Auswahl gab es auch genügend. Dass es sich sein Futter nicht mehr selbst suchen musste, war ihm ebenfalls recht. Von Natur aus war es nämlich ein wenig bequem.

Und als eines Tages der Kasperl samt Seppl und Prinzessin den Zoo besuchte und er stolz seinen Nachwuchs präsentieren konnte, war sein Glück perfekt.

Tina Bader

KISS ME

Kiss
me,
please
kiss
me.
kiss
my
lips,
kiss
my
eyes,
kiss
my
ears.
kiss
me,
oh
kiss
me.
kiss
my
neck,

kiss
my
shoulders,
kiss
my
arms,
kiss
my
fingers,
kiss
my
toes
and
please –
kiss
my
ASS
!

Tina Bader

Expedition

Scott und Amundsen rutschen in ihrer großen Schachtel den Gang hinunter. Sie sind bestens für ihre Expedition gerüstet: das alte Lexikon aus dem Sperrmüll, der runde CD-Player mit den Ohrenstöpseln und eine Fünf-Freunde-CD, nur für den Fall, Soletti-Sackerl, Bretzel und Gummibärchen. Natürlich Schokoladetafeln und Müsliriegel und natürlich Wasserflaschen voll Holundersaft, für jeden eine. Es kann also losgehen. Sie segeln auf die Meeresenge zu, die erst breit wie die Tür erscheint, was sich aber als Täuschung herausstellt. Es ist keine Durchfahrt. Vorne an der Treppe das erste große Hindernis, das bezwungen werden will: ein Pfad hinunter ins Tal durch eine wilde Schlucht. Riesige Steine verstellen den Weg. Sie müssen ihr Fahrzeug im Gänsemarsch tragen. Amundsen beklagt sich, dass er den schwereren Teil gekriegt hat, während Scott bloß die Kante halte und steuere. Amundsen solle besser auf den Weg achten, damit sie nicht in den Abgrund stürzen, ist die Antwort. Am Ende der Schlucht ein Blick zurück und der wohlige Seufzer Scotts, dass sie es geschafft und also einen Müsliriegel verdient hätten. Nicht schon hier, meint Amundsen, das sei doch noch gar nichts gewesen und sie müssten mit den Vorräten haushalten. Anders Scott. Er verlangt, dass der Müsliriegel hier und jetzt brüderlich geteilt werden müsse. Wie so oft ergibt sich Amundsen, und so sitzen sie mampfend auf der untersten Stufe. Wäre doch blöd, dem Scott zuzuschau'n, wie er seine Hälfte des Müsliriegels verschlingt.

Sie verhandeln auch das Ziel der Reise, das bis jetzt noch gar nicht feststeht. Amundsen schlägt den Schiefen Turm vor, aber das ist dem Scott nicht exotisch genug. Also dann das Kolosseum; auch das törnt den Partner nicht an wegen der Löwen, die dort die Leute vor Zuschauern in Stücke reißen. Schließlich fällt die Wahl auf die

Chinesische Mauer. Sie ist draußen auf dem Hof hinter den Mistkübeln und – wenn man hinaufsteigt – so hoch, dass man hinüber in die Mongolei schauen kann. Vielleicht würde man den Proviant gegen feindliche Nachbarstämme verteidigen müssen. Vielleicht könnte man auch eine Nebenexpedition auf die Himalaya-Nordwand, vulgo Klopfstange, machen.

Amundsen wendet ein, dass das Fahrzeug und sein Inhalt zu schwer dafür wären. Scott kann diese Ängste zerstreuen. Sie werden ein Basislager auf der Chinesischen Mauer errichten, verspricht er, und vielleicht einen einsamen Waldläufer für eine Handvoll Bretzerl als Bewacher gewinnen.

Nachdem nun Klarheit herrscht, kann die Reise zügig weitergehen. Sie verwandeln die Schachtel in einen Jeep und pflügen durch den Sand des Death Valley, stets auf der Hut vor versteckten Gangstern und Goldgräbern. Aber niemand begegnet ihnen. Die Indianer sind wahrscheinlich auf Kriegspfad am Colorado River und so ist es nicht wirklich gefährlich. Nur diese Hitze! Erschöpft lassen sie sich an der Haustüre nieder, um aus ihren Flaschen zu trinken – am besten in einem Zug und „ah" gerülpst.

Von der Hofüberquerung ist nicht viel zu berichten, außer dass Stationen gemacht werden müssen, um zu funken, Notizen zu machen und Leute von den Klippen und Riffen im Bermuda-Dreieck zu retten. Die technische Ausrüstung des Kartons verhindert seine Dematerialisation. Jedoch dem Sog des Malstroms widerstehen sie nur mit knapper Not. In der Nähe der Chinesischen Mauer gelingt es, einen Sherpa mit seinem Yak anzuheuern, den Manuel vom 3. Stock mit seinem Roller. Für eine Schokoladetafel und einen Müsliriegel lässt er sein Lasttier beladen und sagt zu, nachher für ein paar Bärelen und einen kräftigen Schluck aus der Flasche das Basislager zu bewachen. Scott und Amundsen versprechen gerechten Lohn, obwohl die Flaschen schon leer sind. Das braucht der Sherpa gar nicht zu wissen. Sie erklimmen schlussendlich den Mistkübel, Scott wie immer voran. Amundsen und der Sherpa reichen die Schachtel hinauf, das Sackerl mit den Gummibären stürzt dabei ab; der Sherpa muss noch einmal hinunter, muss sie holen, weil darin sein Lohn ist. Auch der Yak wird unter großen Mühen hinauf getrieben und das Basislager errichtet. Scott und Amundsen legen die 5-Freunde-CD ein, um den Sherpa wegen der leeren Flaschen zu besänftigen. Er droht in seiner Enttäuschung mitsamt seinem Yak nach Hause zu gehen und den Jeep von der Mauer zu stoßen. Beide Ohrenstöpsel zum Horchen besänftigen nur mäßig den Aufgebrachten.

Was dann der Expedition wirklich ein Ende bereitet, ist ein Austritt der Hausmeisterin, einer Zyklopin, Mutter des Yeti, die sie allesamt mit dem Teppichklopfer von der Mauer jagt, so dass sie nur mit Mühe ihre sieben Zwetschken retten können. Sie entlassen den Sherpa, der sich in diesem Scharmützel wacker mit ihnen geschlagen hat, geben ihm Bakschisch, verwandeln die Schachtel wieder in das Schiff und segeln nach Hause.

Hedwig Dejaco

Eine Lösung für Lubenice

Das hier ist die Mancilija Ulica. Sie ist um einen Pflasterstein breiter als die anderen Wege und Gässchen im Dorf, ist sozusagen die Hauptstraße. Sehen Sie, sie hat auch als einzige diesen Mittelstreifen aus dunkleren Platten, aus der früheren Zeit. Damals glaubten wir noch, das Dorf würde wieder wachsen, leisteten uns einen Mittelstreifen. Das war nach Ihrer Zeit bei uns. War ganz kurz, fast wie ein Augenblick, dann hatten wir nicht einmal mehr eine Schule. War schwer für die Kinder, aber es hat sich nicht mehr gelohnt. Wir waren schon nicht zu viele, als Sie da waren, aber dann hat es sich wirklich nicht mehr gelohnt. Ich kann Ihnen genau Auskunft geben, glauben Sie mir. Ich hab sie alle gesehen und erlebt, die in den letzten 80 Jahren herauf und hinunter gegangen sind, unter dem Erker durch, mit den Schafen, oder Kräuter holen, Holz klauben oder drüben in den Salbeibüschen Bienenkörbe aufstellen. Alle hab ich gesehen. Mein seliger Mann, der Marjan, hat gespottet, immer gespottet – hat gemeint, ich seh' Gespenster, hätt' geträumt – wissen Sie, zum Beispiel damals die Geschichte von der Dragica und dem Marco, – da waren Sie schon nicht mehr bei uns, Sie haben die beiden nicht gekannt, ja damals, da haben mir doch alle recht geben müssen. Na ja, die zwei sind durchgebrannt, keine Seele hat ihnen nachgeweint. Eine Schande war's. Nur der Josip, der hat sich aufgehängt hinter dem Gemeindehaus. Nein, das war nicht wegen der Öffentlichkeit. Es war halt die einzige Möglichkeit. Gibt doch weit und breit nur diesen einen anständigen Baum, wie Sie wissen. Dass der Josip sich die Felsen runter schmeißt, dazu war er nicht der Mensch. Hab mir zuerst noch nichts gedacht. Dann hab ich gesagt, Marjan, hab ich gesagt, der Josip, schau wie der vorbeischleicht. Lass ihn, sagt der Marjan, der packt das schon. Hab ich gesagt, Marjan, wenn einer weint, dass ihm das Wasser am Kragen ins Hemd rinnt – aber was erzähl ich Ihnen die alten Geschichten. Ich hab gewusst, dass er es nicht packen wird; das mit der Dragica, ist ja nur ein Beispiel. Mir macht niemand was vor. Ich seh' alles, sehe alle. Ich weiß, was es heißt, wenn einer sich ans Herz greift und den obersten Hemdknopf aufmacht, oder den Sonntagskragen darauf knöpft. Oder bloß schon, wie er den Mist von den Hemdsärmeln klopft. Schauen Sie, was die Frauen anlangt, weiß ich es noch besser: langsamer Schritt, schneller Schritt, wie das Tuch auf dem Kopf sitzt, wie die Schürze gebunden ist, wie viele Holzbündel eine aufgeladen hat – ich schau sie an und weiß, was los ist, was es geschlagen hat. –

Ja, so hatte sich Vesna in Hitze geredet beim Besuch der alten Lehrerin. Keine vier Wochen her. Es war nach diesem Besuch, dass sich alles veränderte. Sie hatten Schinken, Käse und Brot gegessen und Wein getrunken. Vesna hatte ihr gezeigt, welche Häuser noch bewohnt waren. Sie waren miteinander auf dem Friedhof gewesen, hatten Scherze darüber gemacht, ob nicht zu wenig Platz darin wäre, sollte jemand zuziehen.

„Ich z.B. als eure alte Lehrerin" – Vesna hatte sie fragend angeschaut, aber sie hatte abgewinkt. „Keine Gefahr, nicht durch mich, ich habe mein Familiengrab unten in Cres Stadt."

Später dann, als die Lehrerin ins Auto ihres Sohnes gestiegen war und bis zur Kurve hinunter gewunken hatte, kam der junge Kerl, der Wirt von der Konoba, die im Sommer für die Touristen offen war, sagte, der Bürgermeister lässt bitten, Versammlung in der Wirtsstube. Wichtig sei es.

Ja so war es, so einfach. Sie kamen alle zusammen, nach dem Melken und Füttern, alle fünfzehn Einwohner. Ein Fremder war da. Und dann ließen sie die Katze aus dem Sack.

Bill Gates habe angeboten, Lubenice zu kaufen. Er werde dort ein Internet-Nobelhotel mit Wellness-Anlagen und einem Lift zum Strand auf die Klippen stellen. Die äußere Häuserreihe werde als

Museumsbereich stehen bleiben, ebenso die Kirche. Die, die weg gingen, bekämen einen Platz im Altenheim von Cres Stadt und ein monatliches Taschengeld. Die anderen sollten ihre Hauser weiter bewohnen, die alte Tracht tragen und die Tiere versorgen. Auch sie bekämen ein Taschengeld, sozusagen ihr Ausgedinge.

Fürs Erste herrschte Sprachlosigkeit. Der Beschluss müsse gleich einmal gefasst werden, hieß es, weil er, der Bill Gates, sich sonst ein anderes Objekt suchen werde. Da war nichts mehr dazu zu sagen. Sie nickten alle. Hilflos. Ein monatliches Taschengeld und die tägliche Versorgung – was wollte man mehr?

Jetzt stand Vesna mit ihren 82 Jahren im schwarzen Sonntagskleid und dem schwarzen Kopftuch auf dem Flughafen von Rijeka. Ihre Habseligkeiten steckten in einem wunderbaren Koffer, der hinter ihr herlief. Sie spazierte vor einer Glaswand hin und her, um sich zu vergewissern, dass sie es war, die da ging, – machte eine halbe Drehung – ja, kein Zweifel. Die Frau im Spiegelbild griff nach dem Tuch auf ihrem Kopf, löste den Knoten und nahm es ab. Sie schüttelte die Haare durch und steckte das Tuch in die Außentasche des Koffers. Dass Marjan das nicht mehr erleben durfte! Bill Gates hatte ihr, was ihr zustand, auszahlen lassen. Nun war sie auf dem Weg zu ihrem Neffen in Amerika. Sie, Vesna Jagica, wanderte aus, in die weite Welt hinaus. Nach Maine, East-End Harbor. „Du wirst es mögen, Teta", hatte der Neffe gesagt. „Es ist am Atlantik, ein bisschen rau, aber was ... Komm zu uns."

Und so kam sie, verzichtete auf ihr Grab in Lubenice. Es gab noch so viel zu sehen auf der Welt.

Hedwig Dejaco

Der Saurier

Schon zwei oder drei Tage nach dem Begräbnis seiner Frau wurde es sichtbar. Anfangs sagten die Besucher, die zum Kondolieren kamen, er sei sauber eingegangen und hinter vorgehaltener Hand, er sehe aus wie ein Reptil. Noch sprachen sie in Vergleichen. Die Haut hing ihm schlaff von Gesicht und Hals und grau war sie, noch immer scharf in ihren Konturen, diese schlaffe Haut, die wohlrasiert über den Hemdkragen, den gestärkten, wie etwas Fremdes hing. Seine Augen starrten leer aus ihren Höhlen, kalt und teilnahmslos.

„Lasst ihn!", sagten die Töchter. „Das Leben geht weiter." Man würde sehen, ob er jetzt mit ihnen herumbrüllen würde, wie mit der Mutter vorher. Aber er verharrte in seiner Starre und insgeheim waren sie froh darüber, obwohl sie es nicht auszusprechen wagten. So übersahen sie den Punkt, an dem sie es wahrnehmen hätten können, an dem sie es wissen hätten müssen. Untertags saß er im Wintergarten und starrte in den trüben Februar hinaus, nachts wälzte er sich im Bett und schrie, anfangs noch Worte: Warum die Mama ihm das angetan hätte, einfach vor ihm zu sterben, einfach sich aus dem Leben zu schleichen mit einem Strick. Später war es nur mehr ein unartikuliertes Röhren. Die Nachbarn kamen vorbei und erkundigten sich noch nach ihm. Die Töchter baten sie jedes Mal herein. Sollten die Leute doch sehen, was sie mit ihm mitmachten. Er reagierte nicht auf die Besucher, wendete nur den Kopf ab, röhrte aber nicht, sprach nicht, tat als wären sie Luft. Doch war keine Absicht mehr dahinter. Es war einfach so. Die Besucher waren Luft für ihn, er nahm sie gar nicht wahr. Sie aber waren fassungslos über so viel Bosheit.

Eines Tages, als die Töchter in der Früh mit dem Tablett kamen – eine allein traute sich nicht zu ihm hinein – um den Vater mit Kaffee und eingebrockten Brotstücken zu füttern, stieß er sie mit Kopf und Tatze zurück. An diesem Tag und allen weiteren verzichteten sie darauf, ihn anzuziehen, zu rasieren und in den Lehnstuhl beim Fenster zu setzen. Er blieb im Bett, nur mit seiner faltigen Haut umhüllt, grau wie Granit, eine starre Echse. Oft lag er dort die ganzen langen Nächte über und schlief keinen Augenblick und scharrte nur stundenlang auf dem Bettrand.

Es war schwierig geworden, ihn Vater zu nennen, egal ob direkt, wenn sie versuchten, mit ihm zu sprechen oder, wenn sie draußen über ihn redeten. Dabei sagten sie meist: „der Saurier". Er begann, das Essen zu verweigern. Hin und wieder verleibte er sich eine Karotte oder ein Häuptel Salat ein. Er fraß. Es war nur noch eine Frage der Zeit, dies zu ertragen.

„Er vegetiert", sagten sie zueinander. „Was ist das für ein Leben?" Er konnte keine Antwort mehr darauf geben. Er war eingegangen in sein höchstpersönliches Fegefeuer.

Hedwig Dejaco

Die Gunst der Stunde

„Alle zuhause bleiben, Erklärung folgt später.“ Diese Mail fand sich in ihren Postfächern. War das nun eingetreten, was sie unbewusst alle befürchteten, sich aber niemals eingestehen wollten?

Vor vielen Jahren hatten sie sich zusammen gefunden. Ursprünglich wollten sie miteinander schreiben, Kurzgeschichten oder gar einen gemeinsamen Roman. Daraus wurde nichts und so traf man sich mal da, mal dort, machte auch zusammen die eine oder andere Reise. Von diesen Reisen brachten einige recht ordentliche Bilder mit, wenn schon nicht schreiben, dann malen – offenbar waren die meisten mit Farben geschickter als mit Worten.

Eine der Frauen war wirklich Malerin, die hatte sich ein Atelier gebaut und lud nun zu einer großen Einweihungsfete. Dabei floss reichlich Alkohol, auch der eine oder andere Joint wurde geraucht – und so konnte danach niemand mehr genau feststellen, wer die Wahnsinnsidee geboren hatte. Am nächsten Morgen standen jedenfalls etliche Bilder herum. Bei näherer Betrachtung ähnelten diese in Stil und Technik Werken berühmter Maler. Da fand sich ein Bild à la Paul Klee, eines hätte durchaus Modigliani zugeordnet werden können. Ein anderes erinnerte an Picassos kubistische Phase und noch eines an Miro. Großes Rätselraten, wer das gemalt hatte; alle hatten Farbe auf den Händen, auch im Gesicht. Möglich, dass der eine oder andere Joint die Damen beflügelt hatte. Sie sagten sich, wenn sie im Rausch fähig seien, solche Bilder zu malen, denn das war offensichtlich, die Schöpferinnen dieser Bilder waren sie alle, dann sollten sie das ausbauen. Halbwegs nüchtern geworden überlegten sie, wie sie diese Gabe künstlerisch, aber auch kommerziell nützen könnten.

Die Malerin übernahm die Aufgabe nachahmenswerte, verstorbene Kollegen, deren Bilder gute Preise erzielten, aufzuspüren.

So begann eine geschäftige Zeit, immer öfter wurde gefeiert, selbstverständlich geraucht und getrunken, um zu Gemälden zu kommen. Gut, dass die meisten Frauen schon in Pension waren, auch familiär keine allzu großen Verpflichtungen mehr auf sie warteten. Einem ungehemmten Schaffensdrang stand nichts im Weg.

Ein Problem war anfangs die Vermarktung, aber dann brachte die noch vorhandene Schreiblust mancher Damen wunderbare Expertisen in Deutsch, Englisch und Französisch hervor. Der private, arabische Raum erwies sich als der geeignetste Absatzmarkt. So verließen jedes Jahr acht Bilder das Atelier. Die Gruppe bestand wohl aus neun Frauen, doch die Malerin wollte weiter nur unter ihrem Namen verkaufen.

Mit den Jahren wuchs die Betriebsamkeit, immer mehr Bilder strömten auf den Kunstmarkt.

Welch Erschrecken: Zeitungen kolportierten, es wäre das Gerücht über eine Fälscherbande im Umlauf, man vermutete Russland oder Israel als Ausgangspunkte. Manche Frauen wollten abbrechen, einige Zeit pausieren, um nichts zu riskieren, nichts da, hieß es, wir nutzen die Gunst der Stunde.

Am Tag vor der geplanten 60er-Geburtstagsfeier der Malerin – Razzia im Atelier, alle Bilder (auch die der Malerin) beschlagnahmt.

Doris Eybl

Die Kunst, mit Menschen umzugehen

Zum Üben suche man sich ein pflegeleichtes Exemplar. Aller Anfang ist schwer, daher sind die Mütter am besten geeignet. Diese lassen sich wirklich fast alles gefallen. Nicht nur weil sie Frauen sind, das auch, aber das ursächliche Prinzip der Pflegeleichtigkeit ist die Mutterschaft: Wer ist schon zu seinem eigenen Produkt nicht nett! Seien wir ehrlich, jeder lobt doch die Eigenproduktionen über den grünen Klee. Geht auch gar nicht anders in unserer Wegwerfgesellschaft. Ein Produkt, das nicht gelobt, beworben, hochgejubelt und ich weiß nicht, was noch alles, ist doch weg vom Markt, seien wir doch ehrlich.

Aber wo waren wir stehen geblieben – bei den Müttern. Stehen geblieben bei den Müttern, das bringt mich darauf, dass ja auch viele meinen, die Mütter seien stehen geblieben, kommen nicht mehr mit, mit der neuen Zeit, sind ewig Gestrige. Aber Sie werden mit Recht sagen, das war nicht unser Thema – wir fanden nur, Mütter sind besonders gut zum Üben, den Umgang zu üben.

Was jetzt eigentlich, den Umgang oder das Umgehen? Das Umgehen würde unsere ganze Abhandlung sinnlos machen, dies ist wahrlich keine Kunst. Aber noch mal, seien wir doch ehrlich, wer umgeht die Menschen nicht gerne, wir lassen manche am besten gleich links liegen, ist einfacher, als drum herum zu gehen. Dabei müsste man am Ende gar fragen: „Wie geht es dir?“ Ist aber doch wirklich eine blöde Frage, wenn wir auf jemanden zugehen, und der andere steht, der, um den wir herumgehen, und den fragen wir, wie es ihm gehe, dabei gehen doch wir. Wäre es nicht besser zu fragen, wie es sich steht – nein, das ist noch blöder.

Sie sehen, die ganze Angelegenheit ist äußerst heikel, da wir auf der ersten Seite schon von den Müttern – an denen wir doch den Umgang mit Menschen üben wollten – um nicht ganz vom Thema abzuschweifen – zum Gehen gelangt sind. Wo doch allgemein bekannt sein dürfte, dass die meisten Mütter etwas gegen das Weggehen haben, jetzt nicht im Besonderen, sondern im Gesamten, so allgemein, meine ich.

Überhaupt ist die Meinung der Allgemeinheit etwas ganz Wichtiges, nicht nur in Bezug auf die Mütter, sondern auf alle Menschen – und deren Umgehung wollen wir ja lernen, bzw. den Umgang mit ihnen. Wobei natürlich wieder zu bedenken ist, es gibt einen schlechten und einen guten Umgang, einen der schön glatt und eben ist, und einen, wo man andauernd stolpert oder gar zu Sturz kommen kann.

Den wollen wir aber jetzt ganz bewusst ausklammern, das würde in unserer Abhandlung zu weit führen, wir können uns nicht um alle Stolpersteine kümmern. Noch dazu vielleicht um solche, die uns andere in den Weg gelegt haben, bewusst in den Weg gelegt haben. Solche Umgeher soll es geben, wir haben von solchen schon gehört. Schleppen ganz schwere Brocken an, plagen sich auch dabei – das sei ihnen unbenommen – und legen sie einfach auf Ihren Weg. Es soll auch Mütter geben, die sind stark genug, um solche Stolpersteine auf den Weg der Kinder zu legen, nein, auch das ist nicht unser Thema.

Sie müssen schon etwas Geduld mit uns haben, der Weg zum Umgang ist so weit und wir wollen doch den richtigen Eingang in den Umgang finden, das alles ist ja ein sehr komplexer Vorgang, der mit Umsicht angegangen werden muss.

Jetzt habe ich wieder den Faden verloren. Sie sollten mir ein wenig helfen, die Fäden zu ordnen, damit nicht so ein großer, unentwirrbarer Wollknäuel draus wird, da kämen wir nämlich schon wieder zu den Müttern, wer, wenn nicht sie, hätte die Geduld, so ein Wirrwarr aufzulösen.

Die Kunst des Umgangs ist unser Thema, das was dabei zu

beachten wäre, da hören wir schon im vorigen Wort etwas ganz Wichtiges, beachten – ja achten sollten wir uns gegenseitig, um ganzseitig zu werden. Alle Seiten beachten, die, die wir mögen, und ebenso die, die wir nicht so mögen.

Das mit den Seiten ist auch so eine Sache, manche Menschen sind wie eine Kugel, man fragt sich, wo ihre Seiten sind, jedenfalls gibt es keine Kanten. Ecken und Kanten, die sind aber wichtig. Wenn alles rund ist, flutschte einem so jemand leicht aus der Hand, wenn man ihn oder sie endlich in der Hand hätte. Es gibt nämlich solche, die alles in der Hand haben wollen, nichts aus der Hand geben wollen, alles festhalten, es sollen sogar solche vorkommen, die glauben, hundert Hände zu haben, um möglichst viel festhalten zu können.

Woran sollen sich die anderen denn stoßen, wenn keine Kanten oder Ecken, die Wunden schlagen könnten, vorhanden sind?

Vorhanden – vor den Händen. Seiten sind schon gut – manche Menschen sind wie ein Würfel, die haben sechs Seiten, acht Ecken und zwölf Kanten. Da gibt es die liebenswürdigen Seiten und das Gegenteil, dann die fleißigen Seiten und wieder das Gegenteil und vielleicht noch die humorvollen und das Gegenteil, jeweils mit den dazugehörigen Kanten und Ecken – das kann den Umgang mit den Menschen schon ganz schön schwierig machen. Ein Dodekaeder hat gar 20 Ecken und 30 Kanten, falls ich mich nicht verzählt habe.

Das Zählen, das ist auch so eine Sache, womit kann man denn zählen, besser worauf kann man beim Umgang zählen, wenn jemand 30 Kanten hat. Das gibt viele Hindernisse für einen guten Umgang. Trotzdem, auch damit wollen wir versuchen, einen guten Umgang zu pflegen, damit niemand einen Beweggrund findet, um sich von uns wegen eines schlechten Umgangs wegzubewegen.

Die Beweggründe könnten maßgeblich einen guten Umgang begründen. Mir scheint ein Grund, der sich bewegt, ist ein unheimlicher Grund, da hätten wir wieder keinen festen Boden unter den Füßen und könnten abermals den Umgang nicht wagen.

Allerdings, ist der Tritt fest, der richtige Standpunkt vertreten, so können wir es wagen, dabei sollten wir uns allerdings nicht die Beine vertreten, das könnte wieder zu Übertretungen führen und alles außer Kraft treten lassen. Wir sehen schon, unsere Abhandlung führt zu keinem vernünftigen Ende, daher raten wir jeder Frau und jedem Mann, den richtigen Weg mit dem Herzen zu suchen, sich nicht sinnlos auf den Weg zu begeben, Sinn und Geben zusammenfügen, alles in Bewegung zu lassen, um einen guten Umgang zu finden.

Doris Eybl

Aufguss

„Claudia, der zweite Aufguss ist der bessere, wie oft habe ich dir das schon erklärt, du bist unbelehrbar!" Rosa faucht ihre Freundin an, als diese das mit aufgequollenen, grünen Teeblättern gefüllte Sieb entleeren will.

„Bei deinem Tee mag das ja stimmen, aber ich – ich denke immer an die Liebe, na, und da, da ist das ganz anders. Bedaure, du weißt ja, wenn ich an die Liebe denke, vergesse ich deine Belehrungen."

„Bei jeder Gelegenheit musst du die Liebe ins Spiel bringen, mit Tee hat die nichts, aber auch gar nichts zu tun. Das Aroma ist einfach anders, ich kann es auch nicht genau beschreiben – mir jedenfalls ist der zweite Aufguss lieber!" Rosa hat die ewigen Anspielungen ihrer Freundin satt. Soll die doch ihre Männergeschichten mit sich allein ausmachen.

„Ja, das Aroma, Düfte sind in der Liebe besonders wichtig, du weißt ja, wenn man jemanden nicht riechen kann, dann wird das nichts", setzt Claudia unbeirrt fort. Egal, sie hat es noch immer geschafft, ihre Liebesabenteuer auszubreiten.

„Und der Geschmack, auch irgendwie intensiver als beim ersten Mal, probier doch mal." Rosa gibt nicht auf, sie will gehört werden und nicht hören.

„Na ich weiß nicht, der erste Kuss ist schon was Besonderes, so aufregend ist es nachher nie wieder. Du kannst das ja gar nicht wissen, wo du ewig mit ein und demselben Mann verheiratet warst – muss öd gewesen sein, du Ärmste!" Claudia betrachtet mitleidig die Freundin.

Rosa wendet sich ihrer geliebten Teekanne zu, unbeirrt erzählt Claudia weitere Details, die Unaufmerksamkeit der Freundin stört sie nicht im Geringsten. Nichts kann ihr die Überzeugung rauben, dass alle Welt gern ihre Liebesgeschichten hört.

Jetzt unterbricht lautes Klopfen ihren Redeschwall, verärgert hält sie inne. Schwester Renate steckt den Kopf zur Tür herein: „Meine Damen, Zeit für Ihren Spaziergang, soll ich helfen, oder kommen Sie alleine zurecht?“

Doris Eybl

Bibliothek brauchen wir keine

Bibliothek brauchen wir keine, wir lesen nicht!", sind sich meine Brüder einig. Wir haben eine Werkstatt, eine Garage, ein Zimmer für Michaels Sammlungen, einen Raum für Guntrams afrikanische Kunst, einen Bereich für Hannes' Kinder und die Küche, die ich ganz nach meinen Bedürfnissen einrichten darf, weil außer mir dort niemand werken wird.

„Wo ist die Bibliothek? Man könnte dort auch Filme und Musikkonserven lagern", will ich die Notwendigkeit eines solchen Bereichs begründen, stoße aber auf taube Ohren. Eine Bar hat Guntram entworfen, in der Fässer an den Wänden Rebensaft und Apfelmost vorrätig halten. Eine Speis leuchtet Hannes ein, der gerne Speck abhängen lässt, den er bei Besuchen seiner Kinder – seit er nicht mehr mit deren Mutter zusammenlebt ist er noch fürsorglicher in Bezug auf das Nahrungsangebot – gerne liebevoll ganz dünn aufschneidet. Michael könnte sich vorstellen, noch eine Überdachung für seine Maschinen anzubauen oder einen Erdstall, wenn ich Schweine halten möchte.

„Welcher Raum wird die Bibliothek?" „Du musst dir halt ein großes Zimmer aussuchen, wenn du schon Bücher haben willst!", meinen sie einstimmig gönnerhaft.

Ich habe Bücher im Zimmer, in dem ich schlafe. Ich habe Bücher in der Küche, dem einzigen Raum, der beheizbar ist. Aber als ich am Anfang des Sommers dort ankam, war alles Papierene durch die Feuchtigkeit im Haus gewellt. Für Maßnahmen gegen die Feuchtigkeit sind meine Brüder sofort zu haben. Erste Priorität erhielten die Dachrinnen, und dafür sind meine Brüder gemeinsam meilenweit gefahren.

Ich glaube nicht, dass ich ihnen noch einmal mit meinem Bedürfnis nach einer Bibliothek lästig werde. Sobald die Wände trocken sind, werden sich dort Regale entlang ziehen. Das wird in der Küche der Fall sein, in der Papierwerkstatt, im Abstellraum, in der Bar, im Freizeitraum, bei der Musikanlage, im Medienraum und natürlich auch in den Schlafzimmern. Dort überall werden Bücher stehen. Von Bibliothek wird nicht mehr gesprochen.

Ulrike Jussel

Üppig

Nach wenigen Tagen hatte er sich an den Hahnenschrei gewöhnt und erwachte so wie früher meist schon einige Minuten davor. Das ist heute so wie immer, obwohl der heftige Regen ihn in der Nacht mehrmals geweckt hatte. Noch nackt geht er in die Küche, um Wasser aufzustellen. Wie seine Mutter kocht er in der Früh einen Getreidebrei. Er tritt vor das Haus, bleibt aber unter dem Vordach stehen, weil der Regen noch nicht aufgehört hat. So hat es auch keine Eile, die Hühner aus dem gegenüberliegenden Stall zu lassen.

Könnte er hier bleiben und das Leben seiner Mutter weiterführen, jetzt, da seine Schwester nicht mehr da ist? Sind Hennen Frauensache? Würde er sich in dieser Küche zurechtfinden, die die Ordnung seiner Mutter trägt? Durch die Gedanken an seine weibliche Verwandtschaft wird im plötzlich bewusst, dass er noch unbekleidet im Freien steht. Aber sie sind nicht mehr da, um das zu bemerken, und er geht trotz Regen hinüber zum Nussbaum, um sein Wasser abzuschlagen, so wie er es als Kind schon gerne getan hat. Er öffnet dann auch die Stalltüre und, wie zur Anerkennung für sein Tun, erscheint ein kleiner blauer Fleck Himmel zwischen den Regenwolken. In der Küche zurück, rührt er den Maisgrieß in das kochende Wasser. Der Brei beginnt zu blubbern und er schaltet die Kochplatte aus.

Im Freien kräht der Hahn. Noch immer nackt, schreitet er die Beete im umzäunten Hausgarten ab, auch der war Frauensache, obwohl er als Bub schon das eine oder andere Mal beim Umgraben der Erde helfen musste. Der Schnittlauch setzt schon Blüten an. Er holt ein Messer und einen Korb aus der Küche. Er umfasst den ganzen Schnittlauchhorst und schneidet alles ab. Seine Ernte hält er an die Nase und taucht in den üppigen Zwiebelgeruch ein. Aus dem Hühnerstall holt er alle Eier, die er finden kann.

Das große Holzbrett wurde immer nur für Teig verwendet, er schneidet darauf seinen Schnittlauch. Den Getreidebrei schüttet er vor dem Hühnerstall ins Gras. Dann reinigt er die Eisenpfanne gründlich, setzt sie erneut auf den Herd und lässt darin soviel Fett schmelzen, wie sie früher für die Mahlzeit der ganzen Familie zur Verfügung hatten. Er schlägt alle sieben Eier in eine Schüssel, verrührt sie mit Schnittlauch, Salz und Pfeffer und bäckt daraus eine Omelette. Dann setzt er sich auf die Bank vor dem Haus und genießt sein Frühstück. Während er den Hühnern beim Picken des Getreidebreis zuschaut, überlegt er, welches Tier heute in seinem Suppentopf landen wird.

Ulrike Jussel

Neue Liebe

Die Fruchtstände des Breitwegerichs sind trocken, die Samen längst ausgefallen. Die Gräser in der erhöhten Mitte des Wirtschaftsweges, über den sie allabendlich geht, gelb und niedergedrückt. Ihr Schritt rasch und gleichmäßig wie an jedem anderen Tag.

Auf einmal steht er vor ihr, mitten in der rechten Fahrbahnrinne hat er sich aufgebaut. Fast hätte sie sich ihren Fuß an ihm gestoßen, so unerwartet hält er ihren Schritt auf. Erstaunt bückt sie sich und streicht ihm über sein glattes Haupt. Das ungewohnte Kribbeln in ihrer Handfläche lässt sie die Berührung wiederholen. Auch die zweite Hand streichelt ihn. Woher kommt er? Sie hat ihn noch nie gesehen, und trotzdem ist er ihr nah, als ob sie schon lange miteinander vertraut wären. Ihre Lippen berühren seine Stirn. Er will mitgenommen werden, aufgehoben, getragen. Und für sie ist es ganz selbstverständlich, dass sie ihn unter den Arm nimmt, auf der linken Seite, damit er ihren Herzschlag spürt.

Sie redet mit ihm, erzählt von Begebenheiten entlang des Weges, tanzt mit ihm übermütig durch die Wiese. „Du bist schön", haucht sie, um ihrem Entzücken über seine ebenmäßige Gestalt Ausdruck zu verleihen. Sie spricht von ihrem Zuhause, wo sie zusammen beim Ofen sitzen würden und er sich in ihren Schoß kuscheln könne.

Er fühlt sich gewichtig, umsorgt, auserwählt.

Daheim lässt sie ihn ein Bad nehmen und trägt ihn zum Trocknen in die warme Küche, wo sie Vorbereitungen für das Abendessen trifft. Sie trinkt ihm zu, während er, auf dem Ofen hockend, singend, seinen letzten Rest an Feuchtigkeit abgibt.

Jedes Mal, wenn sie ihn anschaut, entdeckt sie andere Zeichen an ihm, neue Vertiefungen, je nachdem wie er zum Licht steht.

Immer wieder streichelt sie ihn, kann nicht genug bekommen von seinem Kitzeln auf ihrer Haut.

Sein ganzer Körper hat Wärme gespeichert. Mit beiden Händen trägt sie ihn in ihr Zimmer. Leichtfertig nimmt sie ihn mit in ihr Bett. Unter der Tuchent presst sie ihre Fußsohlen an seinen aufgeheizten Körper und lässt seine Hitze in sich aufsteigen. Sie lächelt, weil sie weiß, dass er heute Nacht bei ihr bleiben will.

Am nächsten Morgen erwacht sie schweißgebadet. Er liegt kalt und grau bei ihren Füßen. Sie hebt ihn aus dem Bett und trägt ihn aus dem Zimmer. Im Garten sucht sie ihm einen Platz unter dem Jasminstrauch. Ein letztes Mal streichelt sie ihn zärtlich, aber schon ist er ein Stein wie jeder andere.

Ulrike Jussel

Mein Weg zum Bus

Alle Fenster sind geschlossen, alle Lichter gelöscht, und die Haustür werde ich versperren. Aber wohin mit dem Schlüssel? Am besten unter die Schwelle, dort vermutet ihn zwar jeder, aber er wird auch von den nach mir Kommenden gefunden. Auf der Terrasse liegen noch Stapel von Holzbriketts, aber die werden andere wärmen. Die Gewürzstöcke habe ich schon gestern ins Freie gestellt, damit sie vom Regen betreut werden. Es wird noch mehr Laub auf die Stiegen fallen, bevor hier wieder jemand vorbei kommt, sodass es nicht auffällt, dass ich nicht mehr gekehrt habe. Mein Garten wird sich nicht mehr von dem meiner Nachbarin unterscheiden, die dort noch nie etwas getan hat. Ob ich ihr abgehen werde? Dafür haben wir uns zu wenig gesehen. Es wird lange dauern, bevor sie bemerken wird, dass ich überhaupt nicht mehr hier wohne. Der Nachbar unter mir wunderte sich die letzten Jahre immer, wenn er mich sah, weil er annahm, dass ich schon ausgezogen sei. Einen Briefkastenschlüssel werde ich behalten, vielleicht kann ich ihn meiner Tochter geben, dass sie manchmal nach der Post schaut. Es wird wohl nicht mehr viel an mich adressiert sein, weil ich von unterwegs meine Kontakte auf Mail umstellen werde, aber man weiß ja nie. Der Briefkasten sollte jedenfalls nicht übergehen. Ich reise auch heut nur mit einem Koffer, so wie ich es auch bei meinen Wochenendausflügen gehalten habe, sodass dem Busfahrer nichts Außergewöhnliches auffallen wird. Wie immer werde ich auf seine Frage, ob es wieder nach draußen gehe, mit einem kurzen „Ja" antworten. Julia steht mit dem Auto vor ihrer Garage und lässt die Kinder einsteigen. Wir wechseln ein paar Worte bezüglich der Kälte und der Teuerung des Heizmaterials, dann wünsche ich ihr einen schönen Tag, wie immer. Mein Weggehen erwähne ich nicht. Ich fühle mich leicht. Nie mehr werde ich über die Stufen nach oben steigen. Ich bemerke erst jetzt, als ich auf der Haltestelle warte, dass ich nicht zurückgeschaut habe. Der Abschied fand schon in den letzten Monaten statt. Ich bin – wie so oft in letzter Zeit – der einzige Fahrgast. Dieser Busfahrer ist neu und fragt nichts.

Ulrike Jussel

Staatsbesuch

„Statt etwas Nützliches zu tun, also beispielsweise Polizeiberichte zu tippen oder die Zeit anzusagen, rutschen Schlork und Thümler in ihrem Karton lautstark den Flur entlang. In dem Karton haben sie es recht komfortabel, denn sie sind ausgestattet mit Trinkbarem, einem alten Lexikon und einem batteriebetriebenen Radiorecorder samt einer Kassette, so dass sie entweder den belebten Äther oder konservierte Vogelstimmen – letztere mit Gleichlaufschwankungen – abhören können. Weiter verfügen sie über Sitzkissen und Wolldecken, Füller und Papier, eine Taschenlampe mit Batterien und ein Mützchen für jeden von ihnen. Besonders stolz sind Schlork und Thümler auf ihre Vorräte an Essbarem: Die Alu-Brotdose ist prall gefüllt, dem Seesack entquellen Bananen, Schokotafeln, Kartoffelchiptüten und Müslieriegel.

Also jagen sie ohne Furcht auf und davon." (© Eugen Egner, Reisen im Karton. Schräge Geschichten)

All dies geschah vor den Augen der Kollegen am Revier 41 der Wiener Innenstadt an einem stickig heißen Tag vergangenen Juni, wo eh schon jeder verfügbare Mann gebraucht wurde für die neumodischen Festivals oder Events in der ganzen Stadt. Und jetzt noch dieser letzte Einsatz, bei dem nicht nur alle EU-Wichtigtuer, sondern auch noch der amerikanische Präsident himself in Wien erwartet wurden. Urlaubssperre hatten sie alle, den ganzen heißen Sommer lang mussten sie bewachen, observieren, perlustrieren und jetzt noch den CIA, FBI oder was auch immer unterstützen, die seit Tagen das Kanalnetz unter dem Ritz überwachten, wo der Präsident wohnte, bis hinüber zur Albertina, da wo die First Lady den Hasen anschauen durfte, der eigentlich, hatten alle gesagt, mindestens vier, wenn nicht gar sechs Jahre im Keller hätte bleiben sollen, seit seinem letzten Ausflug nach Spanien oder wo.

Kein Wunder also, dass keiner von den Kollegen bemerkt hatte, dass sich das Verhalten der zwei sonst eher unauffälligen Kollegen verändert hatte. Mein Gott, sie hatten ja alle ihre Auszucker und mussten irgendwie fertig werden damit, dass sie nie wussten, ob einer ihnen nur eine Goschn anhängen oder das Messer zücken und ihnen an die Gurgel springen wollte. Weiß Gott, was sie da erlebten, Nacht für Nacht und Tag für Tag, und wehe, sie würden nur einmal ordentlich durchgreifen, auszucken oder halt niederknüppeln, dann stünden sie gleich wieder in der Zeitung oder gäbs eine Untersuchung. Manchmal wussten sie wirklich nicht, wer mehr Rechte hatte, sie oder die anderen.

Nachher rätselten sie alle wegen dieser Supervision. Ja, hätten sie irgendwelche Anzeichen bemerkt, ja, natürlich hätten sie dann die beiden für eine Supervision vorschlagen können, aber wer wollte schon Kollegen derart bloßstellen. Ja, er war einigen aufgefallen, der Karton am Gang, aber andererseits stand ständig irgendwas am Gang im Revier für Beweisführung, -sicherung und so oder einfach nur, weil niemand zuständig war. Ja, natürlich hatte es zugenommen mit den Kartons, seit sie einen neuen Abteilungsleiter von der Schandi hatten. Wer weiß, was die dort auf den Revieren alles auf den Gängen aufbewahren!

Der Hojak sagte nachher, er habe das eh gemerkt mit dem Kassettenrekorder und den Vogelstimmen, aber wer wusste schon, ob die nicht neue Signalstimmen übten, jedenfalls hatte es verzerrt geklungen und er, Hojak, mache sich jedenfalls keine Vorwürfe, dass er nicht Meldung erstattet hätte. Der Hausmeister, den sie neuerdings mit dem Revier 40 und 42 drittelten, fragte sowieso nur „Welchaner Karton denn?“. Der Wurzer wirkte noch am ehesten bekümmert, denn er hatte die beiden als Letzter gesehen und von ihm stammte auch das Protokoll, aus dem sie wussten, was überhaupt in dem Karton war und dass sich die zwei Deppen drin aufhielten und lautstark den Flur entlang rutschten. Aber er habe echt nicht wissen können, ob es sich um eine Probe-Boot-Observation, also besser eine Simulaischn von einer Bootsobservation im Kanalnetz von Wien handelte. Er sei jedenfalls nichtsahnend zu seinem Einsatz am Praterstern gegangen und es sei ihm nichts aufgefallen bei der Rückkehr.

Überhaupt wusste keiner so genau, seit wann der Karton fehlte, alles, was sie wussten, war, dass Schlork und Thümler nicht zum Dienst erschienen waren und der neue von der Schandi ihnen gleich ein paar Überstunden angehängt hatte. Überhaupt hatten sie eher langsam reagiert, weil sie ja nicht gleich die Kollegen in die Pfanne hauen wollten und eh so angestrengt waren mit der Erwartung von den EU-Fritzen und dem Bush himself. Sogar die Oberchefin, die Liesl, hatte ihnen einen Rundbrief geschickt, der irgendwie mit „treudienende, verlässliche Polizisten" anfing und mit „stolz auf unser schönes sicheres Österreich" aufhörte.

Also nein, man wisse nicht, seit wann sie weg waren, sondern nur, seit wann sie nicht zum Dienst erschienen waren. Dem Thümler seine Mutter, sie hatten nicht einmal gewusst, dass er immer noch oder schon wieder bei der Mutter wohnte, konnte nicht helfen. Sie wusste nicht welcher Tag und begrüßte die Polizisten nur mit einem freundlichen Lächeln. Sie wolle gleich schauen, ob der Bubi schon mit der Aufgabe fertig sei, dann dürfe er eh mit in den Hof zum Räuber und Gendarm spielen. Und der Schlork, sie hatten die Wohnung aufbrechen müssen und überall Kartons vorgefunden, alle groß genug, dass mindestens zwei Leute drin sitzen konnten. Nein, man hätte noch keine Zeit gehabt, ihre Herkunft zu überprüfen, man habe ja nur nachschauen wollen, ob der Kollege vielleicht tot im Bett oder in der Badewanne liege.

Dazwischen wie gesagt die 24 Stunden Bush himself, wo sie zu allem Überfluss auch noch den Thümler und den Schlork ersetzen mussten, denn einem Schandi aus den Bundesländern konnte man so wichtige Posten wie die Observation des Wiener Kanalnetzes nicht überlassen.

Dies gab dem Thümler und dem Schlork eigentlich den entscheidenden Vorsprung, um sich per Waschmaschinenkarton in Richtung Rumänien abzusetzen, ausgerechnet in der stressigsten Zeit, wo eh jeder Mann gebraucht wurde und wo es doch die Urlaubssperre gab. Gefeiert wurden sie auch noch, von der Presse, die Deppen, die sich mit dem Karton an einen Schlepper gehängt hatten und Donau abwärts segelten, mitten in der Urlaubssperre. Nur Gott sei Dank trugen sie diese lächerlichen Mützchen, sodass wenigstens niemand wusste, dass sie Kollegen waren.

Maria Kandolf-Kühne

Anmerkung: Im Juni 2006 besuchte der amerikanische Präsident George W. Bush Wien. Im Jahr zuvor waren Polizei und Gendarmerie zusammengelegt worden. Die damalige Innenministerin war die mittlerweile verstorbene Liese Prokop.

Peggy Sues Aufbruch

Ihre Ressentiments waren umsonst gewesen, die Jahre der Isolation, der Entferntheit von ihren Eltern für nichts und wieder nichts. Am meisten ärgerte sie das viele Geld, das sie zu ihrem Therapeuten Dr. F. getragen hatte, und sie dachte an die vielen Reisen, die sie stattdessen hätte machen können.

Diese Gedanken schwammen ständig nach oben, während sie an der Seite ihrer Mutter neben ihren Geschwistern in der Dorfkirche die Messe über sich ergehen ließ. Sogar ihre Kinder, die jetzt verloren neben den Cousins und Cousinen standen, die sie nicht wirklich kannten, hatte sie verständigt. Die Reden über den Verstorbenen, ihren Vater, waren Reden über einen Fremden. Die Jahrgänger lobten ihn fürs Überleben und den Zusammenhalt, die Versehrtenturner für die Medaillen und die Ehrenmitgliedschaft, die Innung für die jahrelange Obmannschaft, die Fischer für die Sicherung der Fischereirechte und die Wiederansiedlung des Bitterling und der Rheinäsche in den Baggerlöchern, der Pfarrer für die vielen Kinder, den regelmäßigen Kirchgang und den Beitrag zur Orgel.

Ja, er war ein Mann, der seine Gemeinde seit dem Krieg kaum verlassen und ihr mit seiner Art den Stempel aufgedrückt hatte. So wie er es bei Sue getan hatte, ohne es zu wollen. Er hatte sie nachhaltig geprägt und ihrem Leben eine Richtung gegeben, die zu ändern jetzt fast unmöglich schien.

Der Leichenzug bewegte sich nun langsam hinter dem Sarg, voran die Fahnen der Vereine, dann der Pfarrer mit zwei Ministrantinnen, dahinter die Mutter an der Seite ihrer Brüder. Sue hatte sich zurückfallen lassen, um mit ihren Kindern zu gehen, aber trotzdem stand sie am Ende wieder in der ersten Reihe am offenen Grab. Noch bevor sie den Sarg endgültig versenkt hatten, wurde ihr klar, wenn sie eine Änderung wollte, konnte sie nun niemandem mehr die Schuld geben. Sie beschloss direkt von Meiningen aus aufzubrechen.

Sue übergab den Kindern ihre Hausschlüssel, rief nochmals im Verlag an und fuhr los, obwohl es schon später Nachmittag war. Sie hatte keine Karte bei sich, aber sie hatte auch kein Ziel und keine Aufgabe. Dr. F. hatte einmal zu ihr gesagt, am Ende der Therapie bestünde die Aufgabe darin, alleine, mit nichts außer der Kreditkarte und dem Pass, aufzubrechen zu einer Reise ins Unbekannte, auf einer Route, die man noch nicht begangen oder befahren hat.

Sie fuhr durch die Schweiz auf Bundesstraßen, denn sie wusste nicht, ob sich die Vignette wohl lohnen würde. Sie aß in einem „Hirschen", oder war es ein „Ochse"?, neben der Straße. Sie und die Bedienung waren die einzigen Frauen im Raum. Sie trank so viel vom Hauswein, dass es nur vernünftig war, hier und jetzt um ein Zimmer zu fragen. 90 SFR mit Frühstück, ganz ruhig, Blick auf den hinteren Parkplatz. Der Blick aus dem Fenster bestätigte ihre Vermutung von vorher: Polnische Fernfahrer, Mautflüchtlinge wie sie, waren das am Nebentisch gewesen.

Das Bild in ihrem Zimmer war wohl auch für die Fernfahrerklientel gedacht – ein Mann steht barfuß mit Blick aufs offene Meer, seine lange Hose nass bis zur Hüfte, auf dem Kopf eine Reisetasche balancierend, die aussieht wie eine Riesenbanane, draußen das Boot vor Anker ohne Segel, den Motor eingezogen. Verabschiedete sich der Mann vom Boot, mit dem er gekommen war? Sicher, die nassen Hosen waren Beweis, dass er kam und nicht ging. Er kam und schaute zurück, sie ging und schaute nach vorne!

Sue schlief schlecht, sehr schlecht, einer der Fernfahrer torkelte in der Nacht gegen ihre Türe, versuchte sie fluchend aufzusperren, bis ihn einer der Kollegen weiterzog. Dann quälten sie Träume von Bootsflüchtlingen, Menschen, die alles verloren hatten und irgendwo strandeten. Wieder wachte sie schweißgebadet auf und öffnete das Fenster. Als sie das nächste Mal aufwachte, war es von einem Dröhnen, begleitet von unangenehmen Küchengerüchen, der abgestandenen Abluft der Hirschen-Küche. So hatte sie sich ihren Aufbruch nicht vorgestellt.

Als Peggy Sue morgens die Gaststube betrat, in der sie bereits am Vorabend gesessen hatte, war diese leer bis auf die Kellnerin vom Vorabend. Sue setzte sich wie ein schutzbedürftiges Kind an den Tisch, der am nächsten zur Theke stand, mit Blick auf den Raum.

Bald danach kamen die Fernfahrer, sie konnte nicht ausmachen, welcher der Betrunkene von gestern Nacht war, und setzten sich schweigend an einen der Nebentische. Die Kellnerin servierte ihnen automatisch Kaffee, Berge von Semmeln, Marmelade und riesige Teller Spiegeleier mit Speck, vor dessen Geruch Sue ekelte.

Sue brach möglichst schnell auf, stopfte ihre wenigen Habseligkeiten und den Laptop in die Reisetasche und hoffte, sie könnte mit Kreditkarte bezahlen. Die Fernfahrer beobachteten sie gelangweilt, als sie die diesbezüglichen Verhandlungen begann und schlussendlich doch ihre Euro herausrückte. Nach langem Hin und Her tauchte auch das Wechselgeld auf.

Genervt warf sie ihre Tasche ins Auto und versuchte zu starten. Unmöglich, sie hing fest, nur wenige Kilometer gereist, schon an der ersten Station!

Geradezu wie vorprogrammiert – schon zweimal hatte ihr Mechaniker beim Service gemeint, der Starter könnte jederzeit eingehen, sie solle doch an einen Austausch denken. Dass jederzeit jetzt war, passte Sue überhaupt nicht und sie wusste natürlich auch, dass ein neuer Starter hier in Rapperswil sicher nicht so leicht aufzutreiben war. Sie würde sich von den Fernfahrern anschieben lassen und dann den Motor nicht mehr abstellen. Weshalb hatte sie sich nicht längst ein neues Auto gekauft? Jetzt fielen ihr ihre Verzögerungstaktik und Entschlussschwäche auf den Kopf, aber wie!

Die Fernfahrer sahen sie an, als ob sie sie noch nie zuvor gesehen hätten, hörten „anschieben“ und deuteten mit beruhigender Geste auf einen Platz neben ihnen auf der Bank. Die Teller mit den erkalteten Spuren der Spiegeleier, Brotresten, Käserinden und Tassen mit schwarzem Kaffee standen noch auf dem Tisch. Die Kellnerin brachte auf einen Wink hin auch für Sue eine frische Tasse. Sue fühlte sich eingekeilt. Links ein schmächtiger weißblonder Mann undefinierbaren Alters, rechts ein kräftiger Mann, der fast die ganze Breitseite des Tisches beanspruchte und dessen körperliche Nähe und Hitze sie deutlich spüren konnte, obwohl sie an der äußersten Kante der Bank saß. Sue zappelte, wie immer, wenn etwas nicht sofort und so geschah, wie sie es gerne hätte – aber sie war den Männern ausgeliefert, wenn sie hier weg wollte. Als sie sich endlich dazu bequemten, ihren Wagen anzuschieben, passierte gar nichts, ohne Starter kein Start.

Wohin sie wolle, sie zuckte mit den Achseln, ob sie mit wolle? Wohin? Ost-Route? Da nickte sie mit dem Kopf. Sie schoben ihr Auto auf den hinteren Parkplatz in eine Ecke und ließen den Schlüssel stecken. Die Papiere nahm sie an sich. Während sie auf das Wiederauftauchen der Fahrer wartete, ging sie noch einmal hinein, erbat vage ein paar Tage Stehzeit für ihr marodes Auto und kaufte mit den Franken, die ihr die Kellnerin zuvor als Wechselgeld gegeben hatte, zwei Gasthof-Hirschen-Karten. Im Zentrum der Gasthof, eingebettet in ein Oval, in den Quadranten rundherum Ansichten von Rapperswil.

Die Männer warfen Sues Tasche nach hinten und wiesen ihr den Platz in der Mitte zu. Zugeteilt war sie dem Laster mit dem Fahrer, neben dem sie bereits gesessen hatte. Das Besteigen des Riesen gestaltete sich für Sue wie das Besteigen eines Pferdes, sie konnte sich nicht selbst hochziehen und fühlte sich unangenehm berührt, als einer der Männer ihr an den Hintern griff und sie einfach hochschob. Der Vorhang hinter ihrem Rücken beunruhigte sie ebenso wie die zwei Männer, zwischen denen sie nun festsaß. Beide Hände artig auf dem Schoß, die Augen nach vorne gerichtet, fuhr sie mit ihnen schweigend gegen Norden.

Nach zwei Stunden meldete sich Sues Blase, nervös wie eh und je, aber sie konnte den Männern nicht sagen, dass sie schon wieder lästig war und klemmte die Schenkel noch etwas enger zusammen – irgendwann würden auch die Fahrer müssen. Nach einer quälenden immer noch schweigsamen Stunde steuerten sie einen Rastplatz an. Die Männer sagten ‚Pausa', sonst nichts.

Sue überlegte, ob sie vorwärts oder rücklings aussteigen sollte, und fürchtete sich vor dem Sprung vom Trittbrett. Schlussendlich hing sie mit der linken Hand am Türgriff, mit der rechten am Türholm festgekrallt, in der Luft und überlegte, wie sie nun springen sollte, als der Fahrer auf ihre Seite kam, sie von unten ansah, wie ein kleines Kind, dem man vom Baum herunter helfen muss. Während sich Sue innerlich noch dagegen wehrte, griff der Fahrer zu und hob sie herunter. Sue konnte ihren rechten Daumen nicht mehr rechtzeitig aus der Ritze zwischen Türholm und Schloss ausfädeln und spürte, wie es ihn fast ausriss auf dem Weg nach unten.

Sie kam zum Stehen und wusste, der Daumen musste warten, die Toilette hatte Vorrang – dass er verletzt war, spürte sie. In der Kabine versuchte ihre Hose mit links aufzumachen, half mit der rechten Hand bei abgespreiztem Daumen nach und wäre am liebsten niedergesessen und hätte geheult, so weh tat es. Die hygienischen Bedingungen hielten sie davon ab, stattdessen schwebte sie zitternd über der Kloschüssel und versuchte sich mit den unverletzten Fingern der rechten Hand am Klorollenhalter festzuhalten. Dann würgte sie die Hose mit schmerzendem Daumen nach oben, machte sie behelfsmäßig zu und ging zurück zum Laster. Jetzt hatte sie auch die rechte Hand nicht mehr als Einstiegshilfe und würde sich wirklich wie ein Kind beim Ein- und Aussteigen helfen lassen müssen, hatte Schmerzen, dass ihr schlecht war, und war auf zwei schweigende polnische Fernfahrer angewiesen.

Ihr Daumen begann schon anzuschwellen und pochte heftig. Sue hatte nur den einen Impuls, an der Bordsteinkante zu sitzen und zu heulen, aber sie wusste nicht, wie sie sich ohne rechte Hand hinsetzen und dann wieder aufstehen sollte. Die Fernfahrer standen beisammen, rauchten und beachteten sie nicht. Sie musste in der Nähe bleiben, wenn sie ihre Reisetasche mit dem Laptop wieder sehen wollte.

Scheiße! Scheiße! Scheiße!

Mama! Mama! Mama! – weh weh weh – ich will heim!

Dann kochte Wut in ihr hoch, nicht schon wieder eine Verletzung, die ihre Unternehmungen beeinflussen sollte. Nein, diesmal nicht – sie würde sich durchbeißen und um Hilfe fragen.

Maria Kandolf-Kühne

Der sogenannte Jungfrauenhimmel

Der Jungfrauenhimmel oder besser, der sogenannte Jungfrauenhimmel, ist ein einziger Traum in Rosa, ein Meer von rosa Luftbetten, auf denen sich die jungen Frauen, die Einlass finden, niederlassen dürfen. Der Einlass ist begehrt und keineswegs leicht zu erreichen – viele der jungen Frauen haben wochenlanges gezieltes Fasten, Styling-Seminare, Augenbrauen-Liftings und sonstige kleinere Schönheits-OPs hinter sich. Größere OPs sind streng verboten und so gibt es auch beim Einlass einen Busenscanner, der schon manch einer Anwärterin in letzter Sekunde den Zugang verwehrt und die monatelangen Vorbereitungen mit einem Pieps zunichte gemacht hat. Nein, der Busen muss bleiben, wie er ist, keine OP, keine Verzerrung, nichts. Alles andere darf frei bearbeitet werden, Zehennagellack tiefschwarz bis rosa, gesprenkelt oder mit versteckten Botschaften, Nagellack an den Händen, aber kein Schmuck, obwohl es Gerüchte gibt, dass verschiedene Tattoos schon durchgegangen sind.

Überhaupt gibt es wenige Unterlagen, was die Aufnahmekriterien betrifft. Klar ist das mit dem visuellen Alter genauso wie die Sache mit den Brust-Manipulationen. Aber niemand weiß, ob blondes, gelocktes, langes oder kurzes Haar besser kommt, ob rasiertes, geshaptes Schamhaar ein Bonus ist oder nicht. Bis jetzt hat sich einfach noch niemand dem Forschungsgebiet ausreichend gewidmet und eine Datensammlung angelegt. Dazu ist der Ansturm auf den so genannten Jungfrauenhimmel zu unregelmäßig, die Himmelssehnsucht kommt offensichtlich in Intervallen, die ebenfalls noch gänzlich unerforscht sind.

Niemand hat sich bis jetzt mit den Abgewiesenen beschäftigt, ihre Daten empirisch erfasst. Stattdessen gibt es nur Gerüchte,

Gerüchte, Gerüchte. Wie weiß man, wie es innen aussieht? Kann man austreten aus dem Himmel? Kann man die rosa Luftbetten wieder verlassen? Gibt es Styling-Studios? Gibt es Männer? Alles ist offen. Weshalb ist es ein begehrenswertes Ziel für so viele junge Frauen, einen Platz auf den rosa Luftbetten zu ergattern?

Ja, es gibt Fotos – auch ich habe neulich eines getwittert bekommen – der Text war allerdings rätselhaft und lässt in mir Zweifel an der Existenz eines Jungfrauenhimmels aufkommen. Die Botschaft kam von Shyra, und die habe ich zuletzt gesehen – mit einem One Night Stand im Flex am Kanal – und ich weiß mit Bestimmtheit, Shyra ist keine Jungfrau, sondern alles eher. Shyra ist berühmt für ihre Aufrisse. Für Shyra gibt es kein Wochenende ohne Fun. Also Shyra hat laut ihren getwitterten Angaben Einlass gefunden bei **f.virgins.com**. Wofür steht das f? Ich mag es mir gar nicht ausmalen, aber einiges liegt doch nahe. Einmal f*** virgins.com oder fake virgins.com oder former virgins.com oder fraud virgins.com. Jedenfalls sicher keine Virgins, sonst wäre es ja einfach virgins.com.

Und hier kommt meine nur allzu logische Schlussfolgerung. Sie liegen da nicht in ewiger Lust und Freude. Sie liegen da, aufgedeckt, entblößt, über ihnen die Kameras, und es ist ihnen verboten, mit ihren Händen den Schambereich zu bedecken. Wie es ihnen verboten ist, die Beine zu spreizen. Es ist klar, sie sind Teil einer permanenten Kunstinstallation. Es ist weiters offensichtlich, dass allen vom Jungfrauenhimmel Abgewiesenen eines gemeinsam ist: Sie sind echte Jungfrauen. Das habe ich herausgefunden nach nur einem Tag von Interviews mit Abgewiesenen. Alle anderen Kriterien dienen ausschließlich der Tarnung des sogenannten Jungfrauenhimmel-Großprojektes. So wie einst David Beckham schlafend als Kunstwerk zu bewundern war, kann man sich Zugang erkaufen zu f.virgins.com und sich zum Einschlafen und Aufwachen so viele atmende f.virgins an die Schlafzimmerwand oder -decke beamen, wie man will. Ich bin tief beeindruckt, denn das Projekt liegt voll im

Trend des 21. Jahrhunderts. Ich muss sagen, es schafft Nähe ohne Bindung, es schafft Nähe ohne Belästigung – gerade richtig für all jene, sie sich nicht festlegen und doch nicht alleine sein wollen.

Nur das mit den OPs ist mir noch unklar.

***

Shyra hatte sich anfänglich nicht viel Besseres vorstellen können als diesen sogenannten Jungfrauenhimmel. Sie lag auf ihrem bequemen rosa Luftbett, die Hände hinter dem Kopf verschränkt, und wartete, was in diesem geilen Ambiente passieren würde. Sie dachte an ihr Triumphgefühl, das sie erfasst hatte – dass sie den Einlass geschafft hatte – durch den Scanner, das ganze Screening, das Vermessen, das Filmen, wie ein Casting, nur ohne Worte.

Jetzt lag sie schon länger auf dem Rücken, bewegungslos wie angeordnet. Sie wollte ja nicht gleich wieder hinausfliegen, wegen Unangepasstheit. Dann, sie musste wohl kurz eingedöst sein, wachte sie auf von einem leisen Surren und dem Gefühl, nackt zu sein und angestarrt zu werden. Über sich sah sie nun einen Himmel voller Kameraaugen, die sich langsam hin und her und auf und ab bewegten. Sie dachte erst, sie könnte den Mann hinter der Kamera sehen, aber dann wusste sie gleich, wie naiv der Gedanke war, ein lebendes Wesen hinter den Kameraaugen zu vermuten. Sie waren automatisch gesteuert, ihre Bewegungsabläufe randomisiert. Der Raum war klimatisiert und, wie sie jetzt bemerkte, wohltuend aromatisiert. Sie war sich ihres Körpers viel bewusster als sonst, was an der Luft liegen musste, oder am kaum wahrnehmbaren Geräusch der vielen Kameraaugen. Sie konnte, wenn sie das Kinn nach unten zog, ihre aufstehenden Brustwarzen sehen, plastischer als sonst, sie stachen irgendwie aufrecht nach oben, und der leichte Flaum, der den Weg zu ihrem Bauchnabel wies, schien wie von einem Luftzug gestreichelt in Bewegung zu sein. Sie folgte dem Heben und Senken ihrer Bauchdecke.

Um sie herum Stille – alle ‚Jungfrauen' apathisch verklärt am Rücken. Etwas ließ sie zögern, mit den anderen Kontakt aufzunehmen, jemanden aufzuwecken, sie war zu eingelullt. Nun ganz abgesehen davon, dass die Türen wahrscheinlich versperrt waren, sollte sie wirklich um Hilfe rufen? Sollte sie alles durcheinander bringen, die anderen beunruhigen, Panik verursachen? Sie wollte sich das hysterische Gekreische, das Durcheinander der Vorschläge nicht ausdenken.

Tatsache war, sie hatte ihren Freundinnen noch getwittert, um zu vermitteln, dass sie unter f.virgin.com zu erreichen war, aber hier im ganzen Raum war nicht ein Laptop oder iPad zu sehen, soweit sie das im Liegen beurteilen konnte. Sie fühlte sich festgewachsen an ihrem rosa Luftbett, es war echt zu viel des Aufwandes, jetzt aufzustehen und sich umzusehen, ob eine von ihnen ein Smartphone hereinschmuggeln hatte können. Ihres lag jedenfalls irgendwo beim Empfang, vorschriftsmäßig ausgeschaltet, und alles, was sie hatte, war ein rosa Nummernarmband, mit dem sie den Locker mit ihren persönlichen Sachen abgesperrt hatte. Dabei trennte sie sich sonst nie von ihrem Smartphone – aber da sie sich nun schon so um den Platz bemüht hatte, hatte sie auch nicht zicken wollen und es wohl oder übel abgegeben. Nicht zu zicken schien ihr plötzlich wichtig geworden zu sein, obwohl zicken sonst so eines ihrer Markenzeichen gewesen war. Solche in ihrem gegenwärtigen Zustand ganz nutzlose Gedanken gingen ihr durch den Kopf, während sie da auf dem rosa Luftbett klebte und auf das leise Surren der Kameras horchte.

Die Sache gestaltete sich weit schwieriger als gedacht, lag sie doch schon seit Stunden reglos und nur flach atmend, sah, wie sich ihre Bauchdecke hob und senkte, sah, wenn sie das Kinn nach unten senkte, die feinen Härchen auf der Bauchdecke und, wenn sie den Blick nach oben richtete, die Augen der vielen Kameras. Seltsam, nicht zu wissen, wer dahinter saß und ihren Körper mit Blicken streifte – möglicherweise genau jetzt. Oder lag sein Blick auf einer der vielen anderen Frauen im Raum? Könnte die Person hinter der Kamera auch eine Frau sein, die Gefallen fand an den vielen jungen Körpern, die atmend vor ihr ausgebreitet lagen?

Maria Kandolf-Kühne

Man vergisst heute gern, dass die Erde ursprünglich ein Tier war

(Franz Hohler)

Man vergisst heute gern, dass die Erde ursprünglich ein Tier war. War? Ich behaupte, sie ist es immer noch. Aber dazu kommen wir später. Die Alten behaupteten, sie – es handelt sich um eine sie, nicht um ein männliches Tier – sie sei unglaublich riesig und schmutzig durch das All getrottet und hätte alles gefressen, was ihr vors Maul mit Zähnen so groß wie Gebirgsstöcke – das Kaisergebirge, die Nordkette, die Zillertaler, die Hohen Tauern und die Serles zusammengenommen – was ihr also vor dieses geraten war. Sie verschlang Monde, ganze Sterne und am liebsten waren ihr die saftigen, heißen Sonnen, die heftig zu protuberieren begannen, wenn sie in ihre Nähe kam. Aber das nützte ihnen gar nichts, im Gegenteil. Die Pranke hatte sich schon ins saftig blutige Sonnenfleisch gegraben. Das Maul triefte, ein tiefes Grunzen der Befriedigung drang aus der Kehle wie aus einem Höllenschlund. Kurzum, die Erde war und ist gefährlicher und fürchterlicher als alles, was man denken oder sich vorstellen kann. Hin und wieder polterte und schwankte sie dann in Richtung Milchstraße, um ihren Durst zu stillen. Danach rülpste sie so laut, dass es auch noch im hintersten Weltalleck ordentlich windete und die Haare der letzten Sterne zu fliegen begannen. Einmal geriet ein Rülpser so heftig, dass ihr kleine Gaswolken in bunten, giftigen Farben entwichen und ja, dort schweben sie noch – wir haben sie Jupiter getauft.

So trampelte sie also fressend und saufend umher und wollte sich schon über unsere Sonne hermachen, da schwirrte ein kleiner Mond auf sie zu. Er setzte sich auf ihre Nase. Sie vermeinte sogar, eine grüne Figur darauf zu erkennen. Sie haschte mit ihrer ungelenken Tatze nach dem Mond. Er wich geschickt zur Seite und lachte. Dieses Spiel wiederholte sich, wurde heftiger, steigerte sich zu einem wilden Tanz, ja zur Raserei, bis die Erde, ja bis sie so schwindlig war von diesen ungewohnten, heftigen Bewegungen, dass sie ächzend zusammenbrach und mit verdrehten Augen liegen blieb.

Der Mond seinerseits verharrte bewegungslos über ihr so wie auch jetzt noch – so als ob er nur darauf wartete, dass sie wieder erwachte – und das Spiel aufs Neue begänne. Als nun die Erde so dalag, mitten im All, begleitet vom Mond und argwöhnisch beleuchtet von einer fröhlich lachenden Sonne, priesen sich die beiden glücklich. Sie waren mit dem Schrecken davongekommen. Seit dieser Zeit beleuchten sie das Tier, um jede seiner Regungen beobachten zu können. Die Sonne am Tag, der Mond in der Nacht. Sie sind auf der Hut.

Im Laufe der Jahrtausende haben sich dann auf der Haut und im Pelz allerhand Tiere eingenistet und zu guter Letzt auch der Mensch. ... aber wehe uns, wenn sie wieder erwacht, die Erde!

Margareta Langer

Der Garten

Sie hatte bisher alles geschafft. Sie war glücklich. Haus, Garten, ein guter Beruf, was wollte sie mehr. Sie pflanzte, sie goss, sie erntete, sie kochte Kompotte, Marmeladen und Säfte, versuchte sich auch in Likören, Kräuterauszügen und Salben. Wenn Freunde zu Besuch kamen, war sie freundlich, goss einen Kaffee auf, bewirtete die Gäste. Immer öfter kam es jedoch vor, dass, wenn jemand zu ihr sagte: „Komm mit, wir gehen heute in dieses oder jenes Konzert, in dieses oder jenes Theater, in eine Lesung, in ein Kabarett oder in einen Film, oder auch nur was trinken!", sie immer öfter ablehnte. Für sie wurde es immer schwieriger, sich vom Ort zu lösen, sich frei in die Welt hinauszubewegen. Nicht, dass sie nicht gewollt hätte. Irgendwie war da immer Arbeit. Eine Hecke musste geschnitten werden, der Rasen gemäht, die Tomaten aufgebunden und gegossen, die Pflanzen umgetopft werden, die Äpfel geklaubt, die faulen aussortiert werden. Ihre Hände wurden schwielig und rissig. Sie besorgte sich auch kein neues Gewand mehr. Im Garten ist neues und schönes Gewand fehl am Platz. Da braucht man bequeme Arbeitshosen, ein Leiberl, das auch ein bisserl Schmutz aushält.

Bald kamen auch keine Besucher mehr. Niemand wollte mehr Kaffee trinken. Sie hatte auch gar keinen mehr zu Hause. Sie ging nicht mehr in die nahe Spar einkaufen. Es wuchs ja alles in ihrem Garten. Nichts wurde weggeworfen, alles verarbeitet. So bemerkte sie auch nicht, wie die Zeit vergangen war. Der Herbst zog ins Land, der Winter. Jetzt hackte sie Holz, schlief viel und schmiedete neue Pläne für den Sommer, wann sie säen wollte und was. Über alledem hatte sie vergessen, ihren Beruf auszuüben. Der Strom wurde gesperrt, das Telefon. Sie lebte und arbeitete für ihr Paradies. Paradies? Es war plötzlich nicht mehr möglich, die mittägliche

Siesta zu halten. Das Grün wucherte, das Gras schoss in die Höhe. Die Tomaten waren faustballengroß, die Gurken, Bohnen, Kürbisse, Kraut, Zwiebel, Melanzani und Paprika gerieten immer üppiger. Sie kam kaum mehr nach mit dem Ernten und Verarbeiten. Die Haselnussstauden schienen mit ihren Ästen nach ihr zu fassen. Der Garten begann zu summen und zu murmeln. In der Nacht traute sie sich nicht mehr hinaus. Bald hatte sie nur noch kleine, ausgehackte Pfade durch ihren Garten. Immer gieriger drängte das Grün nach ihr.

Eines Tages hörte sie eine Stimme dumpf durch das Dickicht: „Hallo, ist hier jemand? Ich bin's, dein Neffe Markus. Hallo, bist du da?" Sie saß regungslos in ihrer Küche, geschwächt. Konnte sich kaum mehr bewegen. Der Garten wollte sie, rief nach ihr, wollte sie aufzehren, sobald sie sich nicht mehr bewegen würde können. „Hallo Tante!" Der Ruf schreckte sie auf. Ein wenig Sonne durchdrang noch die Zweige. „Tante?" Hatte da jemand nach ihr gerufen oder war das nur ein Ächzen aus einer schwerbepackten Baumkrone? „Tante, wach auf!" Endlich erhob sie sich, schlurfte zur Tür. Es läutete und klopfte recht ungestüm. Die Stimme versagte ihr.

„Ich komm ja schon ...!", krächzte sie und öffnete mühsam die Tür. Gleichzeitig mit ihrem Neffen, der seine ehemals so kraftvolle und fröhliche Tante kaum wiedererkannte, gleichzeitig mit ihm drängten sich unzählige Äste und Pflanzenausläufer ins Haus.

„Du musst hier weg!", schrie der Neffe. „Ich hätte bald nicht mehr dein Haus gefunden! Alles ist so zugewachsen, eine grüne Wildnis. Die Stadt will deinen Garten roden lassen. Niemand weiß mehr, dass hier jemand wohnt!" Die Tante versuchte zu verstehen, was er sagte, sie brachte nur ein „Setz dich und lass dich anschauen" und ein „Mein Gott!" heraus. Mit einem Mal hatte sie begriffen: ihr Leben, ihr Garten, war zu ihrer Falle geworden. „Gut, dass du da bist. Ich hab euch so vermisst!" Sie lächelte, machte einen Seufzer – den letzten.

Der Garten verdorrte über Nacht, das Häuserl wurde wieder sichtbar, der Neffe erbte, zog alsbald mit seiner jungen Frau ein. Der Garten begann sich zu erholen und erstrahlte in neuem Glanz. Der Neffe und seine Frau aber hatten vorgesorgt. Gut geölt lagen die Motorsäge, der Rasenmäher, der Heckenschneider, der Rasentrimmer, diverse Hacken, Schaufeln, Zwicken und Scheren bereit.

Margareta Langer

Das Traumatelier

Ein roter Turm sollte es werden, natürlich ein roter Turm! Aber was würde besser in einen grünen, schattigen Garten passen als ein Betonwürfel. Er böte einen tollen Kontrast zum ländlichen Holzhaus aus den Dreißiger-Jahren. Oder doch lieber ein aufgeschütteter Erdhügel, in dem das Atelier geschützt und verdeckt Unterschlupf fände? Im Winter könnten dann die kleinen Kinder diverser Freundinnen – immer hat irgendwer kleine Kinder – herunterrodeln.

„Was wäre überhaupt, wenn man mit diesen alten, hohen Obstbäumen aufräumen würde? Wer soll alle die Äpfel, Birnen und Kirschen verzehren? Margareta, hättest du vielleicht noch ein Schluckerl von deinem herrlichen Apfelsaft? Ach ja, was machst du eigentlich mit all dem Obst, das du alleine nicht verbrauchen kannst? Danke für den Saft, der ist schon sehr gut! Mmm, und der Apfeldatschi! Noch besser wäre er mit Schlagrahm. Aber eine Kuh wird in deinem Garten dann doch nicht satt, hahaha! Und wenn dann die Bäume schon gerodet sind und man dann endlich einen vernünftigen Rasen anlegen kann, dann könnte man – der Garten ist ja groß genug – direkt neben der Terrasse, die dem Atelier vorgelagert sein wird, einen Schwimmteich anlegen. Das wäre doch ideal, dann könnte man direkt vom Atelier heraus in das Wasser springen. Nachher wäre man gleich sauber und der Kopf klar. Dann ließe sich wieder besser arbeiten, wenn nicht die lieben Kolleginnen auch noch irgendwo malen wollten. Sie täten nicht stören, nur ein kleines Eckerl … Auf der Terrasse ist genug Raum, um sich dort in die Sonne zu legen, zu plaudern und Kaffee zu trinken. Apropos, ohne Kaffeemaschine kein Atelier! Fein wäre auch, wenn im Obergeschoß genug Liegefläche bereitgestellt werden könnte, um stressgeplagten Kolleginnen eine kleine Auszeit vom Schulalltag zu gönnen. Hier käme natürlich wieder die Kaffeemaschine ins Spiel, so eine große, am besten eine italienische, von einer Bar. Die Dachterrasse böte sich schließlich zusätzlich als Chill-out-Zone an. In der Küche, auch wenn es eine Atelierküche mit einem Becken zum Einweichen von Papier sein wird, aber trotzdem ein Herd hineinkommen wird, wären so ein paar Nudeln für alle Mittagesser schnell gekocht. Ach ja, und Feste könnten dann endlich richtig gefeiert werden mit genug Platz und vor allem warm im Winter, mit einer echten Heizung. Eigentlich sollte sie froh sein, dass immer jemand käme zum Ausruhen, Plaudern, Schwimmen und Essen. Sie tät das ja ohnehin gern und der Datschi ist auch ohne Schlag super. Nein, zum Schwimmbecken sauber machen, Rasen mähen, Kochen, Aufräumen, Stauden schneiden, Einkaufen, Putzen da hätte man keine Zeit, man käme ja schließlich auf Besuch und die Mücken, die sich komischerweise vermehrten, würden zunehmend auch lästig ..."

„Ja", sagte sie und lächelte „schon schön, diese Ideen. Es wird keinen Teich geben und nur ich werde im Atelier arbeiten und eine Kolleginnenausspeisung werde ich auch nicht machen und schon gar keinen roten Turm. Ich werde junge Bäume pflanzen und mich freuen, wenn sie blühen und mir Äpfel, Birnen, Zwetschken, Ringlotten und vielleicht auch Marillen schenken."

Margareta Langer

Das Gewächshaus

Liane ging ins Gewächshaus. Liebevoll betrachtete sie die kleinen und großen Tabu-Pflanzen und -stauden, die, sorgfältig nach Form, Größe und Familie sortiert, in Regalen an der Wand und auf Tischen mitten im Raum arrangiert waren. Ihnen waren kleine Zettelchen mit Datum und Namen angeheftet, Liane selbst brauchte diese Orientierung natürlich nicht. Ihr Blick blieb an ihrer Lieblingspflanze hängen: Mit den großen blauen und roten Blüten war der Inzestus wirklich ein Prachtexemplar und seit Jahren ihr Verkaufsschlager. Die Mutterblüte war innig mit der Sohnesknospe verschlungen und man musste schon sehr genau schauen, um die beiden auseinander halten zu können. Auch das farbliche Gegenstück von Vaterblüte und Tochterknospe kam bei den Kunden sehr gut an. Freud würde seine Freude haben, dachte Liane und goss ein wenig Libido nach. Dabei fiel ihr Blick auf das Lesbenliebchen, das ihr Sorge machte, denn es brauchte viel Pflege und Achtsamkeit und war sehr sensibel. Die reizenden weiblichen Möschen sollten sich noch strahlender entwickeln, fand sie. Der Schwulentopf daneben gedieh hingegen wunderbar. Die langen dicken Stängel glänzten braun und kräftig und waren schön in ihr Haarkleid eingebettet. Am besten gefiel ihr, wenn ein dunkles und ein helles Stängelchen sich umeinander rankten und ringelten. Von den Schwulentöpfen hatte sie schon etliche verkauft, die Nachfrage war erstaunlich groß. Aber auch die immergelbe Selbst-Befrieda kam gut an. Die meisten ihrer Freundinnen bestellten jede Woche ein neues Pflänzchen, denn so hübsch sie auch anzusehen waren mit ihrem dunkelfeuchten Innern, so schnell verblühten sie auch schon.

Sadischen und Masischen mochte sie weniger, aber auch die fanden ihre LiebhaberInnen. Eigentlich gingen alle Blumen aus der

Familie der Sexualitätstabus das ganze Jahr über gut, nur der Exhibiskus verkaufte sich besser in der warmen Zeit. Alle Exemplare aus den Fäkalien hingegen waren Winterpflanzen und vertrugen keine Sonne. Hin und wieder musste Liane mit Sonderangeboten auf die lustigen runden brauen Bällchen aufmerksam machen. Das wirkliche Problem in ihrer feinen kleinen Sammlung aber waren die Selbstmordien und andere Todespflanzen. Die glühenden Köpfe mit dem schwarzen Strahlenkranz hielten viele Kunden davon ab, sich so ein Gewächs in die Wohnung zu nehmen. Zu gefährlich schien ihnen die Aura, zu schwierig auch die Pflege mit täglicher dosierter Depri und wöchentlichen Alpträumen.

Sie persönlich hatte sich seit Längerem die Meno-Pausa ins Fenster gestellt. Dieser Kaktus war zwar nicht so bedürfnis- und anspruchslos, wie viele glaubten, aber die feinen lila Blüten entschädigten sie immer für ihre Mühe. Früher hatte sie die Regalia gezüchtet, aber diese Pflanze war so unberechenbar, dass sie ihre Versuche wieder eingestellt hatte.

Liane schaute noch schnell nach der derben Furzinie und der gemeinen Rülpserie, aber die beiden bekamen von ihr nur wenig Aufmerksamkeit. Sie waren auch eigentlich eher Unkraut und wurden nur selten bestellt. Bevor sie ihr Gewächshaus verließ, stolperte sie fast über eine der vielen Pädophilien, die in letzten Zeit so reißenden Absatz fanden. Der Domprobst hatte gerade wieder 50 Stück bestellt. Kein Wunder: die weißen Köpfchen schauen so lieblich aus den dunklen, umhüllenden Schoten heraus. Liane schloss die Tür hinter sich, nicht ohne einen besorgten Blick auf die weiblichen Aggressions- und Konkurrenz-Blättchen zu werfen. Sie waren ihre neueste Kreation und sie wusste noch nicht so recht, ob sie sich auf dem Markt behaupten würden.

Almud Magis

Der Kleine Prinz im Raumschiff

Der Kleine Prinz nahm hinten Platz auf dem Notsitz, der für die leichte kleine Gestalt wie ein Thron wirkte. Die anderen Reisenden des Raumschiffs gaben ihm etwas Zeit, sich einzurichten und zu verschnaufen, aber dann waren sie doch zu neugierig, um mit ihren Fragen hinterm Berg zu halten. „Was hast du alles gesehen?" „Gibt es noch andere außerirdische Wesen?" „Warst du noch einmal auf der Erde?" „Wie geht es deiner Rose?" „Hast du Kontakt mit dem Fuchs?" „Hat der Schlangenbiss sehr weh getan?" – die Fragen prasselten auf ihn ein. Der Kleine Prinz ging wie immer sein eigenes Tempo und antwortete erst einmal gar nicht. Erst als die Aufmerksamkeit ein wenig von ihm abgelassen hatte, hörten die Reisenden plötzlich von rückwärts seine helle kindliche Stimme:

„Meiner Rose und mir ging es so lange gut, bis sie hinwelkte und starb. Ich hatte ihr das Versprechen geben müssen, keine andere Rose mehr zu lieben und auf dem Planeten nie ein Rosenbeet anzupflanzen. Gerne gab ich ihr dieses Versprechen, und ich muss immer noch weinen, wenn ich an sie denke. Aber es wurde schon sehr einsam ohne sie, und so beschloss ich eines Tages, mich wieder aufzumachen, um vielleicht eine andere Blume zu finden oder einen anderen Freund, ja vielleicht sogar den Fuchs aufzuspüren. Wisst ihr noch? Ich habe einen Fuchs gezähmt, der weint, wenn er Weizenfelder sieht, denn sie erinnern ihn an meine weizenblonden Haare, also an mich. Ich wollte ihn erlösen von seinen Tränen, denn nun wäre ich ja wieder bei ihm. Und wir könnten miteinander spielen, wie vor 70 Jahren! Wie dumm ich bin! Ich werde nicht älter, aber der Fuchs war natürlich schon lange tot. Seine Enkelkinder traf ich auf der Suche nach ihm und sie haben mir berichtet, ihr Großvater habe ihnen ständig von einem kleinen Jungen erzählt, den er liebgewonnen hatte, er, der doch der schrecklichste aller Räuber war! Sie hatten ihm nicht geglaubt und waren sehr erstaunt, als sie mich so leibhaftig vor sich stehen sahen. Sie luden mich ein, mit ihnen zu spielen, aber man kann eine Freundschaft nicht so einfach übertragen, man muss sich Zeit lassen, sie zu entwickeln. Ich wollte doch lieber weiterziehen, eine Blumenfrau finden und pflegen und lieben. Ich nahm also Abschied von den Füchsen und ging wieder quer durch die Wüste.

Als ich das bekannte Zischen hörte, sagte ich, ohne mich umzudrehen: ‚Nein, es ist noch zu früh, du brauchst noch nicht zu kommen, ich werde dir Bescheid geben, wenn es soweit ist. Erst muss ich eine Blume finden.' Die Schlange zischelte: ‚Nimm mich mit, damit ich dir jederzeit zu Diensten sein kann.' ‚So komm', sagte ich, ‚aber du darfst niemanden – keinen Menschen außer mir – beißen, so lange du bei mir bist.' Die Schlange willigte ein, ging voraus, d.h. sie schlängelte sich voraus und ich folgte ihr. Unterwegs erfuhr ich alles über sie und ihre Art, ihre Ess- und Schlafgewohnheiten, ihre Häutungen und ihre liebsten Sonnenplätze. Bei einer Oase machten wir Halt, die Schlange entschuldigte sich für ein paar Stunden und ich blieb allein, vermisste schon bald ihre geschmeidigen Bewegungen, die klugen Augen und die spitze Zunge. Über einige ihrer Beobachtungen und Bemerkungen hatte ich unterwegs sehr lachen müssen. Und sie ihrerseits hatte sich über mein Leben mit meiner Rose, über meine Erfahrungen mit Zugluft und Dornen erkundigt und mir auch wirklich nützliche Ratschläge für das Überleben in der Wüste gegeben. Wie man Kakteen richtig aufschneidet, damit man ihren Saft gewinnt, wie man Sandstürme überlebt und wie Durst und Müdigkeit zu bezwingen sind. So plaudernd, hatte ich oft die Zeit vergessen und mich gewundert, wie schnell die Tage vergingen.

Nun dehnte und streckte ich mich nach dem Mittagessen in der Oase und dabei fiel mein Blick auf eine wunderbare Wüstenblume unter einem Dattelbaum. Ich setzte mich zu ihr und fragte sie nach ihrem Namen. ‚Suleika', sagte sie mit leiser Stimme und öffnete ihre Blütenblätter ein wenig mehr, damit ich deren volle Pracht bewundern konnte. ‚Wie schön du bist', sagte ich andächtig zu ihr. ‚Solch samtweiche Blätter, dieses satte dunkle Gelb, solch ein feingliedriger Stängel. Darf ich dich berühren?' Suleika nickte gnädig mit dem Goldköpfchen und ich streichelte sie vorsichtig. Sollte ich sie ausgraben und mitnehmen? War sie die Richtige für mich? ‚Überleg dir, was du tust', zischelte die nun vertraute Stimme hinter mir. ‚Du weißt nicht, ob sie die Reise verträgt und die Luftveränderung. Und bedenke auch, wie lange sie dir Freude bereiten wird mit ihrer Schönheit. Ich fürchte zudem, du wirst dich ein wenig langweilen mit ihr. Ihr Horizont ist doch sehr beschränkt.' Nachdenklich schaute ich meine Schlange an. ‚Vielleicht hast du recht', meinte ich, ‚sie wird die Verpflanzung wahrscheinlich nicht überleben. Gehen wir beide alleine weiter, du und ich.' Ich bemerkte ihr zufriedenes Lächeln, streichelte ihren schlanken kühlen Körper und sie legte kurz ihren Kopf in meine Hand. Ich trage sie nun bei mir, meine liebste Schlange. Hier!"

Der Kleine Prinz schwieg. Die Reisenden drehten sich nach ihm um. Aus seinem Hemd lugte ein Kopf mit zwei schwarzen Augen hervor.

Almud Magis

Metamorphose

Der Engel landete sanft und sicher am Ostufer des Sees Genezareth, nahe dem Hotel und Kibbuz En Gev. Es war sehr früh am Morgen, der See lag ruhig und verbarg seinen tückischen Charakter unter der Oberfläche. Von drüber sah er die Stadt Tiberias im Dunst auftauchen. Der Engel seufzte, klappte die beiden großen Flügel zusammen, legte sie vorsichtig eng an seinen Körper und bedeckte sie mit einer hellen Pelerine. Er war inkognito hier und wollte sich keinesfalls verraten, obwohl ihm seine Aufgabe nicht ganz klar geworden war. Er sollte sich bereithalten. Wofür bereithalten? Der Engel seufzte ein zweites Mal: Manchmal war es schwer, den Willen des Herrn oder der Dame zu erraten. Heute war Gott weiblich, wie immer an ungeraden Tagen. Er konnte nicht sagen, was ihm lieber war, Gott oder Göttin. Wären die beiden in einer Figur zusammen, wäre es leichter für ihn, den Diener. Aber das war leider nicht im himmlischen Programm. Der Engel seufzte ein drittes Mal und versuchte, es sich im Gras bequem zu machen. Er blickte auf den See, den die aufgehende Sonne in ein bezauberndes BlauRosa getaucht hatte. Auch der See war sich offenbar nicht sicher, ob er weiblich oder männlich war. Und er selbst? Was war er? Der dritte Seufzer wurde abgrundtief. Er hatte gar kein Geschlecht, er war weder männlich noch weiblich, er war keineswegs sächlich, er war nichts. Ein engelhaftes NICHTS. Nie würde er fühlen können wie ein Mann oder eine Frau, nie intensiv hassen oder lieben, nie im Glück schwimmen oder untröstlich sein.

Ein tiefer Groll über den göttlichen Plan begann ihn zu erfüllen und wurde immer stärker. Warum wurde ihm versagt, was die lächerlichen Wesen, die die Welt bevölkerten, genießen durften. Seinetwegen auch erleiden, aber fühlen, fühlen konnten sie. Und er, der/die/das Engel? Begleiter, Vermittler, Bote, war das wirklich erlebenswert? „Du musst dich entscheiden“, sagte die göttliche Stimme, „aber du musst diese Flügel opfern und kannst nicht zurückkehren. Du wirst ein Mensch werden und wirst auch sterben. Überlege es dir gut.“ Der Engel, der sich gerne selbst als hysterischen Charakter einstufte, überlegte gar nicht lange, denn er war des Engelsdaseins zutiefst überdrüssig. „Ja, ich will ein Mensch sein“, sagte er laut und dann wurde er ohnmächtig.

Als er aufwachte, lag die Pelerine glatt auf seinen Schultern, waren ihm lange Haare gewachsen und schöne Brüste, war der Unterleib gerüstet mit einem stattlichen Penis und einer geschmeidigen Vagina gleich daneben, die einen bezaubernden Duft verströmte. Im See betrachtete er ein wunderschönes weiblich/männliches Gesicht, das von weichen hellbraunen Locken umrahmt wurde. Der Engel schaut sich ratlos um. „Was bin ich denn nun?“, fragte er halblaut. „Ein Mensch, ein richtiger Mensch“, kam die göttliche Stimme wieder. „Geh hin und vermehre dich. Das ist der Auftrag, auf den du gewartet hast.“

Der Engel erhob sich, als ein junges Paar ihm entgegen kam. Der Engel lächelte beide an.

Almud Magis

The Window

She arrived at the seaside resort a little after noon, and the porter showed her right up to her room. Despite the wood-slat blinds being closed against the midday heat, the room felt humid and sticky—like a cave—and she hated caves, feared them when she was trapped in one in her dreams, frantically searching through the suffocating darkness for the light which came from the opening.

The faded blue curtains did not help to offset the dismal effect of the brown and ochre decor. She felt she could take the heat in her hands, ball it up and wring it out, forming it into—she didn't know what. Everything around her was thick and heavy like molasses, even the air had the slightly acrid aftertaste of treacle. The hardwood floor was gritty with sand, presumably dragged in and left by the last occupant.

So this was what she had set money aside for over the last 12 months: a drab room with a narrow iron bed, a rickety wooden nightstand, a musty wardrobe and a cracked porcelain sink. She thought about the drudgery of the work back home, where she was holed up in her office cubicle for an 8-hour day in front of her computer, trying to concentrate against the waves of jangling telephones and the cackling and bantering of colleagues, each in his or her own cell, each a part of the honeycomb of cubicles into which the large space on the 20th floor of her insurance company was divided. All this was only made bearable by knowing that her two-week vacation by the sea was not far off.

Time is money and money is freedom. But her time wasn't worth enough to buy the freedom she had pictured, that she had longed for. What had it bought her but a fourth-rate hotel in a tawdry Italian resort – a fourth-rate freedom.

After the porter had left, she collapsed on the plastic mud-colored bedspread. Lying there on her back, her chest rising and falling shallowly with each breath, she saw her life stretch out before her in an endless series of cells within cells: her body, the work space, her dank flat in the high rise, the stores in the malls, and the city streets which cut narrow slits between the skyscrapers, a labyrinth which permitted only a mere patch of sky, not enough to be able to tell if it was sunny or cloudy or what weather was on its way.

She was awakened her in increments by the rough buzzing of a fly which intermingled with the clank and chatter drifting up from the sidewalk café below her window. Her back was drenched with sweat from the airless bedspread. Although small shafts of dusty light were seeping through the slats into the darkened room, she couldn't tell how much time had passed. She walked over to the window and pushed open the wooden shutters, allowing a soft blue, gold-tinged light to flow into the room. Her hotel was right on the waterfront where the harbor spread out towards two small islands in the middle distance. Leaning on the windowsill, she inhaled the mildness of the warm evening breeze which was ruffling the silver blue feathers of the water. Her eyes followed the progress of a tiny sailboat, white sails billowing, which seemed to be heading for the gap between the two islands and on out into the open sea. In the far distance, the water appeared to dissolve into the horizon in a milky blue haze.

Perhaps, she thought, there would be fine weather tomorrow; perhaps there would be boats to hire on the pier.

Linda Quehenberger

Albert

Albert liebte es, seine Kinder mit kleinen Vorführungen seiner außerordentlichen Kraft zu unterhalten. Alle vier saßen mit offenen Mündern vor ihm aufgereiht, während er mit einem Arm einen Stuhl vom Boden in die Luft hievte oder eine Büchse mit seiner bloßen Hand zerdrückte. Er wurde nie müde, ihnen von Erlebnissen in seiner Jugend oder während des Militärdienstes zu erzählen, Situationen, in denen er seine körperliche Überlegenheit unter Beweis stellen durfte, etwa als er ein einfacher Soldat bei der U.S.-Marine war und einem Kumpel beim Reifenwechseln geholfen hatte, indem er den hinteren Teil des Wagens einfach hochgestemmt hatte. Es hieß, dass er deswegen nie befördert worden sei: Einen so starken Mann brauche man unter den Fußsoldaten und nicht bei den Offizieren.

Albert genoss die Bewunderung seiner Kinder. Besonders als sie klein waren, wollten sie immer wieder, dass er die Geschichten erzähle und dass ihr Vater den Nachbarkindern etwas vorzeige. Es war auch immer ein Riesenspaß, mit ihm herumzutollen, auch wenn ab und zu ein Kind eine kleine Verletzung davontrug, weil das Spiel zu heftig wurde.

Mit einem solchen Vater – was könnte ihnen da im Leben zustoßen?

***

Nach der Familienlegende wurde Albert in einem transkontinentalen Zug irgendwo zwischen New York und San Francisco gezeugt. Seine Eltern, die übrigens nicht nur irgendjemand waren, sondern der bekannte Clown William Melrose und die Tänzerin und Komödiantin May Mack, befanden sich mitten in einer Coast to Coast-Tournee mit ihrem Varieté-Akt Melrose und Mack.

Es wurde auch überliefert, dass Albert, der 1920 auf die Welt kam, so groß bei der Geburt gewesen sei, dass er die rechte Hüfte seiner Mutter ausgerenkt hatte, was ihre viel versprechende Karriere zu einem jähen Ende gebracht habe. Trotz dieses Missgeschicks ließ seine Mutter es sich nicht nehmen, eine große Geburtsanzeige in alle wichtigen Zeitungen zu setzen. Man erwartete große Dinge von dem kleinen Albert.

Obwohl er stolz darauf war, ein Kind so berühmter Eltern zu sein, gefiel es Albert überhaupt nicht, in ein katholisches Internat gesteckt zu werden, während seine Eltern auf Tournee gingen, und es gefiel ihm noch weniger, von einer Nonne, die einen schweren Ordensring trug, immer wieder für jede Kleinigkeit eine Kopfnuss zu bekommen. Am allerwenigsten gefiel es ihm aber, dass nach dem Tod des Vaters seine Mutter ihn zu ihrer Schwester Winnie und den zwei Cousins Jack und John schickte, damit sie jetzt als zweitrangige Varieté-Künstlerin das Leben für sich und Albert bestreiten konnte.

Cousin Jack wurde Priester, Cousin John ein Schuft und Albert, für den die Mutter eine brillante Karriere als Rechtsanwalt vorgesehen hatte, Buchhalter.

Eine noch herbere Enttäuschung für die Mutter war aber, dass Albert, anstatt das gut situierte College-Mädchen Claire zu heiraten, sich während des Krieges in eine schlecht situierte, geschiedene Sekretärin aus San Francisco verliebt hatte, die die Tochter von Bergarbeitern und Süßwarenladen-Pächtern war.

***

Obwohl Albert wusste, dass seine Kinder ihren stuhlstemmenden, büchsenzerdrückenden Vater bewunderten, erkannte er mit der Zeit, dass er etwas mehr als diese Nummern bieten musste.

Die anderen Väter in dem Dorf, wo die Familie mittlerweile wohnte, konnten jagen, fischen, Bootfahren und Häuser instandhalten – Freizeitbeschäftigungen und Fertigkeiten, die der in einem Zug gezeugte Stadtmensch Albert nie gelernt hatte.

Deshalb fuhr beim nächsten Badeurlaub ein braunes Ruderboot auf dem Dach des Autos mit. Am See wurde das Boot unter Schwitzen und Schreien der ganzen Familie vom Autodach abmontiert und ins Wasser gesetzt. Albert holte eine nagelneue Angelausrüstung aus dem Kofferraum des Wagens heraus und legte sie stolz ins Boot.

„Wer fährt mit?“

Schweigen.

Mutter schied aus. Sie konnte nicht schwimmen.

Die Zwillinge waren mit ihren zwei Jahren zu jung.

Es blieben nur die zwei Ältesten: die 10-jährige Mira und der 7-jährige Billy. Missmutig und stöhnend stiegen sie in das Boot. Albert schob es ins Wasser hinein und hob sich ins Boot, wobei alle drei platschnass wurden und die Angelausrüstung beinahe herausgekippt wäre. Obwohl Albert kräftig ruderte, schien das Ruderboot nie so richtig voranzukommen. Einmal trieben sie nach links, einmal nach rechts. Dann kam es ihnen vor, dass sie wieder zurückfuhren in genau dieselbe Richtung, von der sie gerade gekommen waren. Obwohl der See klein war, meinten Mira und Billy, dass die Fahrt nie enden würde. Langweilig und heiß war es ihnen — und peinlich, weil die Wellen der Motorboote, die vorbeifuhren, sie dauernd zum Kentern zu bringen drohten.

Jetzt sind wir da, sagte Albert, und warf den Anker über Bord. Woran er erkannt hatte, wo ‚da' war, war den zweien nicht klar, aber ihr Vater wusste, wo Alpha Centauri II sich befindet, und konnte Autos mit den bloßen Händen stemmen, also würde er schon wissen, wo ‚da' war.

Dann begann eine nie endenwollende Prozedur von Ein- und Ausfädeln der Leine, Auswahl der Gewichte und, noch schlimmer, Aufspießen der Würmer. Schließlich erklärte ihnen Albert, wie man die Angel kräftig hin und herwippen muss, bis die Leine samt Fliege wie eine Peitsche in der Luft glitzert und genau fünf Meter vor einem im Wasser landet. Bei der eigentlichen Vorführung aber landete die Leine einmal unmittelbar hinter Albert, einmal samt Wurm in Miras Haar und schlussendlich hatte sie sich in einen Knoten verstrickt. Nach einer halben Stunde, in der kein einziger Fisch sich für Alberts Würmer zu interessieren schien, schlug er vor, zurück ans Land zu rudern, um Mamas Jause zu essen. Alle waren einverstanden.

Mira und Billy saßen überhitzt und matt im Boot, während Albert mit muskulösen Schlägen und schweißüberströmt dahinruderte. Trotz seines ganzen Einsatzes aber schien das Boot keinen Millimeter näher ans Ufer zu rücken. Eigentlich kam es Billy und Mira vor, dass sich das Ufer wie ein Panorama im Kreis vor ihnen drehte.

Plötzlich hörten sie das Fluchen ihres Vaters hinter sich, und gerade als sie sich umdrehten, sahen sie, wie Albert den Anker ins Boot zog. Alle drei schwiegen bis zum Ufer.

Das braune Ruderboot und die Angelausrüstung blieben jahrelang in der Garage liegen, bis sie Albert, nachdem die Kinder schon ausgezogen waren, bei einem Flohmarkt für ein Spottgeld verkaufte.

Linda Quehenberger

Do It Like the Humans Do
or
The Beasts Give Democracy a Try

Land Ahoy! Land Ahoy!" Everyone walked, galloped, flew or slithered to the upper deck of the Ark and looked in the direction in which Giraffe was craning his long neck. Sure enough, before them the water had receded enough for the taller mountain peaks to peep above the water and form a small chain of islands.

Shortly thereafter, the Ark ground up onto the shore of the most prominent island. All hands, paws and hooves set to work to secure the ropes so that at long last they could be released from the cramped confines of the boat and once more feel solid ground below them.

The disembarkment began. In some cases only one of an original pair had survived the trip and this one survivor would have to go forth alone, most likely into extinction if a mate could not be found. One thing was agreed upon by all: The animals had had more than enough of that drunken malcontent Noah and his dysfunctional family so those pairs who could run or fly fast enough quickly fled to the forest to put as much distance between themselves and the entire Bible-thumping crew as possible.

It was thus that a group of single survivors found themselves on the road alone together: Wolf, Mountain Lion, Humming Bird, Frog, Butterfly, Otter, Porcupine, Squirrel and Bat. It was clear to them that their chances of survival depended on their sticking together. Butterfly and the Hummingbird were assigned to search for nectar and water while Otter offered to build them a safe house once a pond could be located. It was up to Wolf and the Mountain Lion to protect the others from harm and Bat could keep watch during the night while the others slept. Squirrel chattered happily as he leapt from branch to branch in the high trees, gathering pine nuts and berries to share with his fellow travelers.

Although the way was rocky and arduous, they continued in good spirits until they suddenly came upon a fork in the road, or rather a 6-pronged fork in the road. The paths meandered in different directions up and over a high hill in the distance so they could not see what awaited them on the other side. Danger? Food and shelter? Human beings?

"What ever shall we do"? cried the animals. "We are at the end of our strength and cannot possibly explore all the paths. What if we put all our energy into one way, only to discover that we have chosen the wrong road"?

Frog, who was very wise indeed, had a suggestion. "Why don't we elect two leaders who will deliberate together and make a decision for us? That is surely the most efficient way", he exclaimed hopping up and down in delight over his brilliant idea. "That's the way the humans do it!"

The animals realized they had no choice other than to try it, so they elected Wolf and Mountain Lion to discuss the matter, consider all angles and then put forth their plan. For their efforts, it was agreed, the other animals would give up part of their day's food rations. Wolf and Lion withdrew to a shady spot and debated heatedly for several hours. They returned towards evening with a look of satisfaction upon their faces. Before revealing the result of their deliberations, however, they first exacted their tribute from each animal.

Then Wolf stepped forward, cleared his throat and declared in a deeply sonorous voice: "After weighing all the pros and cons, after gathering all available information at our disposal and after illuminating the situation from all possible angles, we have come to the conclusion that--- it will be necessary to have a people's referendum."

This was not exactly what the animals had had in mind, but after a few moments in which nobody chirped or growled or squeaked, they set about trying to figure out how to run the referendum. It was difficult to organize the voting since they had neither anything to write with or to write on. Porcupine said he would be glad to be of service and made his quills stand all out from his body, inviting each animal to take one as a writing utensil. No sooner had pens been provided for than Butterfly and Hummingbird flew off to look for ink. After some time, they returned quivering and shaking but with the dark nectar of a carnivorous plant, which they had almost lost their lives to obtain. And finally Otter presented the group with nine little pieces of white bark which he had gnawed from birch tree.

After each had put his 'x' on the birch bark ballots and after the votes had been counted, Mountain Lion placed himself atop a rock above the group and announced the winner: "There were two votes for Path Three, and one vote each for Paths Two and Four. Path Six received five votes, which means it has won by a narrow majority." While those who had voted for Path Six congratulated each other, Frog's face became ever more crestfallen and Butterfly balanced listlessly on a small leaf nearby. Bat was hanging upside down on a branch pretending to sleep and Squirrel was intensely preoccupied with the cracking of a nut. It was obvious they had not cast winning votes. They were clearly 'in the minority'.

"And now it's time to march! Forwards and upwards!" barked Wolf in his best commander voice (on board the Ark he had studied Noah's leadership strategies and he thought this was a good time to apply what he had learned).

"But… But" croaked Frog fearfully.

"No 'ifs, ands or buts'! Forward, march!!"

Wolf led the animals up Path Six. It was a difficult climb, but the little group had just about reached the highest point from which they hoped to discover what lay ahead for them, when they heard the droning of a truck motor ascending the hill from the other side. The truck crested and then seemed to drive straight towards them. On the side of the large vehicle was written:

"Do you fancy a beastly good time? Are you sick of being bored? Then come visit us in the Zoo!"

Linda Quehenberger

Als die Autos noch Maschinen waren

Porsche kam ums Eck geschleudert und bremste mit quietschenden Reifen ab. Beinahe hätte er Clio gerammt, die gerade den letzten Hahn in die Zapfsäule steckte. Theatralisch ließ er den Motor aufheulen, bevor er ihn drosselte. „Sind die Kinder schon geparkt?“, fragte er hastig. Sein Ventilator lief immer noch auf Hochtouren. „Tut mir leid, es ist wieder einmal spät geworden.“

Clio seufzte: „Sind alle vollgetankt, gewachst, poliert und warten auf dich. Du machst es dir ja leicht. Meine Batterie ist jeden Abend total leer.“ Trauriges Hupen. Dann, einen Ton fröhlicher: „Übrigens finde ich, Mercedes braucht eine breitere Parklücke. Jetzt, wo wir endlich unsere eigene Tankstelle haben, sollten wir langsam an einen größeren Parkplatz denken. Oder vielleicht an eine Tiefgarage? Ich kann ja wieder arbeiten gehen, weißt du, immer nur daheim und euch bedienen – manchmal habe ich das Gefühl, ich funktioniere nur mehr im Leerlauf...“

Sie schaltete sehnsüchtig auf Fernlicht. Porsche zog rasch die Antenne ein.

„Jetzt mach schon, erzähl ihnen eine von deinen Geschichten, auf die sie so abfahren. Sonst büchst uns Fiat wieder aus. Momentan ist er total überdreht. Gestern hat er sich eine hässliche Delle an Nachbars Golfi zugezogen. Der hatte nur einen Kratzer – ich hab ihnen natürlich sofort eine Dose Lack vom Feinsten vorbeigebracht, aber die haben sich aufgeführt, als hätte ihr Golfjunge einen Totalschaden – Naja, den haben sie ja sowieso alle, aber sag ihnen das mal. Weißt du, Brummi, oft frag ich mich wirklich, warum wir Kotflügel an Kotflügel mit solchen Tiefergelegten zusammenwohnen müssen ...“

Sie war ordentlich auf Touren gekommen, und Porsche musste

sie ein wenig einbremsen. „Jetzt schalt mal wieder einen Gang runter, Clio. Auch wenn es nur Volkswägen sind, so sind sie doch Autos wie du und ich. Wenn denen ihr GTI-Styling gefällt, lass sie. Ich will keine Schwierigkeiten. Schließlich sind sie mit BMWs befreundet, und mit denen kann ich ja ganz gut."

Im Grunde der Benzinpumpe liebte er es, wenn seine Clio Vollgas gab. Er musste nicht hören, was sie sagte, aber wie sie es sagte: Ihr blechernes Motorgeräusch brachte ihn immer noch zum Vibrieren. Blech war einfach sexy, akustisch wie optisch. Die Affäre mit Ferrara hatte er beendet, noch bevor der Zündfunke überspringen konnte. Sie war ihm zu hochtourig. Zu auffrisiert. Da mochte sie noch so sehr ihren Heckspoiler in die Höhe recken. Vulgär. Aber oh du heiliger Ferdinand! Was für ein heißes Eisen! Eine echte Ferrarista. Wie sie ihn zu diesem aberwitzigen Rennen auf der Autobahn herausgefordert hatte. Wie sie einen Getriebeschaden riskiert hatte, nur um mit ihren breiten Reifen „Ferrara liebt Carrera" in den Sand zu schreiben. Klar, dass er sie dann abschleppen musste. Porsche seufzte. Aus und vorbei. Eine Reifenspur im Sand. Einmal Regen und weg.

„Dein Brummi ist schon unterwegs", brummte er zärtlich in Richtung Clio und verrollte sich zu seinen Kleinen, die andächtig aufgereiht auf ihn warteten. Nur Smart in seiner Minilücke hatte die Scheinwerferdeckel schon heruntergeklappt und schlief. Die anderen hatten noch ausreichend Standgas, um ihrer Gute-Nacht-Geschichte zu lauschen. Mercedes, eine A-Klasse, lag wieder einmal auf der Seite, eine Unsitte, die ihr ihre Eltern nicht abgewöhnen konnten. „Jetzt bist du schon so groß und brauchst immer noch einen Kran über der Lücke", mahnte Porsche sie. „Wie willst du einmal Serpentinen fahren?"

Mercedes puffte kurz und stinkend aus, verdrehte die Scheinwerfer und heulte auf: „Geschichte, Papi, Geschichte!" Fiat und Alfa stimmten ein: „Geschichte! Geschichte!" Sogar Smart blinkte einmal kurz im Schlafe.

„Ja also", begann Porsche, „einst, als die Autos noch Maschinen waren, herrschten die Menschen über uns."

„Menschen? Was ist das?"

„Genau weiß man das nicht. Sie hatten keine Räder, sondern bewegten sich auf Stelzen fort. Sie fraßen weder Benzin noch Diesel noch Strom, sondern irgendetwas, was sie Nahrung nannten. Vielleicht waren sie auch solarbetrieben. Oder ferngesteuert. Jedenfalls tranken sie das Wasser, mit dem wir uns kühlen."

„Iiiiiiiiiih!" Porsche überhörte Alfas Zwischenruf.

„Die Menschen bestanden aus etwas, was Fleisch und Blut genannt wurde – bitte fragt mich nicht, was das ist, es ist uns so überliefert. Irgendwas Weiches. Sie reproduzierten sich selbst, anstatt wie wir in der Zentralmontage gefertigt zu werden."

Ungläubig rissen die Wägelchen die Lichter auf. Fiat würgte sogar kurz den Motor ab.

„Ja, so ist es uns überliefert", fuhr Porsche im Standgas fort. Niedertourig-gewichtig. „Die Menschen hätten, erzählt man sich, uns geschaffen. Geschaffen nach ihrem Ebenbilde, als Frauenautos, Männerautos, Familienautos, Rennautos, Lastautos und wie wir eben sind. Als unsere Schöpfer bestimmten sie, wer wir werden sollten, ein Fiat, ein Mercedes, ein Renault wie Mama oder gar ein Porsche wie euer Papa. Sie stellten uns an und ab, ganz wie sie es brauchten. Einmal jährlich mussten wir uns einer demütigenden Prüfung unterziehen, bis in die intimste Schraube hinein, was die Menschen verharmlosend ‚Pickerl' nannten. Manche Autos wurden danach aus dem Verkehr gezogen und verschrottet. Wir seien nichts als Maschinen, hieß es, geschaffen, um den Menschen zu dienen. Doch sie hatten nicht mit unserer Intelligenz gerechnet. Mit unserer Ausdauer und Stärke. Mit unserem Überhandnehmen. Bald sah man in den Städten mehr Autos als Menschen und am Land weniger Bäume als Straßen. Ideale Lebensbedingungen. Ja, und so kamen wir Autos irgendwann, so um 1000 nach Ford, ohne Menschen aus.

Die Menschen hatten unsere Fertigung vollautomatisiert, uns mit Bordcomputern ausgestattet und mit Parkassistenten, die es sogar den Frauenautos ermöglichten, ohne allzu viele Schrammen einzuparken."

Ärgerliches Hupen von nebenan. Den letzten Satz hatte Porsche wohl zu laut gesagt. „Und jetzt Motoren aus, Kinder, morgen starten wir wieder durch!"

Doch Fiat wollte nicht einschlafen: „Papa, waren die Menschen böse?"

„Aber nein, Fiat, wo denkst du hin. Untereinander vielleicht. Aber nicht mit uns. Die meisten behandelten uns als Freund und nicht als Diener. Hegten und pflegten uns liebevoll –"

„Hegten und pflegten? Was heißt das?"

„– warteten und polierten uns regelmäßig. Lagen sich wegen jedem kleinen Blechschaden in den Haaren –"

„Haare? Was ist das?"

Fiat war echt in einer mühsamen Phase, dachte Porsche. Plötzlich verstand er Clios Antriebsprobleme besser. Zum Geburtstag würde er ihr einen Gutschein für drei Tankfüllungen Super schenken. Tankte immer Normal, die Gute. Gönnte sich nichts. Oder vielleicht gar einen kleinen Turbo?

„Haare, was weiß ich", sagte Porsche ungeduldig. „Sich in den Haaren liegen, das sagt man halt so. Sie zerkratzten sich die Karosserie, rammten sich die Stoßstange, rissen sich die Kabel aus, keine Ahnung, aber du verstehst, was ich meine? Ich weiß ja nicht einmal, ob es diese Menschen wirklich gegeben hat. Nur weil das Papamobil es behauptet –"

Fiat ließ die Scheibenwaschanlage rinnen und betätigte die Scheibenwischer. Unser kleines Sensibelchen, dachte Porsche und fuhr besänftigend fort: „Die Menschen bauten uns siebenspurige Straßen und beheizte Garagen. Überall hatten wir Vorrang. Manche verehrten uns wie Götter –" Porsche sah, wie Fiat sich die

Frage „Götter, was ist das?“ verkniff. Er hasste es, Fragen gestellt zu bekommen, die er nicht beantworten konnte.

„– und sie veranstalteten riesige Kulte zu unseren Ehren. Von einem prächtigen Genfer Autosalon ist die Rede, Formel 1-Rennen, und unsere Nachbarn schwärmen immer noch von einem sagenhaften Golf-GTI-Treffen in einem wunderlichen Land namens Kärnten und wie ihre Vorfahren damals Gummi gegeben hätten ...“

„Die sind doof“, quengelte Fiat. Seine Delle schmerzte immer noch.

„Siehst du, Fiat, nichts als Sagen und Legenden. Und jetzt schlaf endlich, oder muss ich dir erst den Zündschlüssel ziehen?“

Wenig später zogen sich Porsche und Clio in ihre Doppelgarage zurück. Das Tuning stimmte. „Was du den Kindern immer für Geschichten erzählst. Dass es vielleicht gar keine Menschen gab und so. Ich meine, von wem stammen unsere Baupläne? Wer hat unsere Chips programmiert? Aber du törnst mich immer noch an wie beim ersten Mal“, schnurrte Clio und vergaß den Rostfleck, der sich auf ihrem Kotflügel ausbreitete, so wie Porsche seine undichten Ventile ausblendete. Beider Sensoren waren auf „empfindlich“ gestellt.

Sabine Wallinger

Femme nue

Zu Francis Picabia, Femme nue, 1942

Nicole war eine lebendige junge Frau aus einer sterbenden Kleinstadt im Osten Österreichs. Ihre Tätigkeit als Kassierin, Lageristin und Mädchen für überhaupt alles im kleinen Adeg-Markt am Hauptplatz, dem letzten seiner Art weit und breit, gewährte ihr ein bescheidenes Auskommen, bis sie, wie sie bisweilen verlautbarte, einen Mann finden und Kinder kriegen werde, weil dann werde sie aufhören zu arbeiten, weil wenn eine heute Kinder habe, dann solle sie bei ihnen zuhause bleiben, um etwas von ihnen zu haben. Warum Nicole in diese und ähnliche Statements das Wort „heute“ einzuflechten pflegte, wusste weder sie noch ihr jeweiliges Gegenüber. Vielleicht, weil es dem Gesagten den Anschein aktueller Gültigkeit verlieh. Nicole war ihrem ganzen Wesen nach unauffällig, aber hübsch. Kräftige Schultern, die kamen wohl vom Kistenheben, noch schlanke Statur, halblanges, eher dünnes Haar, brünett mit hellen Strähnchen, wie sie fast alle Mädchen der Umgebung hatten.

Eines Sommers war eine als Kulturevent getarnte Verkaufsshow für Luxusautos im Innenhof des Schlosses, welches über der kleinen Stadt thronte, geplant. Dem Inhaber des kleinen Supermarktes am Hauptplatz wurde die Ehre zuteil, das Catering für die hochkarätigen Gäste auszurichten, und Nicole hatte im Vorfeld tagelang zu tun mit Schleppen, Bestuhlen und anderen Vorbereitungen. Da sie sich recht gut zurechtzumachen verstand, verpassten ihr die Veranstalter ein nagelneues Dirndl, dessen Dekolleté sie durch raffinierte Push-up-Technik zufriedenstellend ausfüllte, und teilten sie zum Getränkeausschank an der liebevoll-lässig arrangierten Bar ein. Auch solle sie den Gästen nachschenken, die leeren Gläser einsammeln und in bereitgestellte Plastikkisten räumen. Fürs Buffet wurde eigens geschultes Personal von der Autobranche bereitgestellt.

Ein Herr mit Hang zum Küchenpersonal kam mit Nicole ins Plaudern. Er war, wie ihr gleich aufgefallen war, mit einem Jaguar, dem gediegensten Fahrzeug auf dem Parkplatz, vorgefahren, denn was wusste sie schon von einem Pagani, Koenigsegg oder Maybach. Sie schämte sich ihrer etwas gutturalen Sprechweise, denn der Herr pflegte ein bewusst leutseliges Wienerisch, so, als fiele es ihm schwer, dialektale Akzente in seinem näselnden Schönbrunnerisch zu setzen. Nicole konnte nicht wissen, dass es sich in Wirklichkeit umgekehrt verhielt, nämlich dass der Herr seinem Pülcher-Slang nur mit Mühe eine näselnde Schönbrunner Note verpasste. Nicole fühlte sich zum „Menschen wie du und ich" geadelt und gab dem Herrn, einem Autohändler („Man muss sich ja irgendwie sein Brot verdienen"), noch vor dem Bierfassanstich ihre Telefonnummer. Es musste schnell gehen, denn die seltsamen Töne des als „klein und fein" angekündigten Jazzensembles störten die ohnehin mühsame Konversation, und als die Musiker geendet hatten, musste der Herr, wie er es nannte, arbeiten, also Geschäftskontakte pflegen und knüpfen, vielleicht „den einen oder anderen Schlitten einspannen". Nicole staunte und verräumte Gläser.

Wenige Tage später lud der Herr sie nach Wien ein, wo er für sie beide eine Suite im Hotel Fürstenhof gebucht hatte. Sie liebten sich, beiderseits unter großen Anstrengungen, in einem Bett, welches ungefähr jener Vorstellung entsprach, die sich Nicole vom Bett des französischen Sonnenkönigs machte, von dem aus dieser einst seinen Hofstaat empfangen hatte. Nicoles Mutter war als junges Mädchen mit ihrer Schulklasse einmal in Versailles gewesen, hatte Ansichtskarten mitgebracht und später allen ihren Kindern französische Namen verpasst: Nicole, Chantal, René. Seinem Geschmack entspreche dieses schwüle Ambiente ja eigentlich nicht, er stehe mehr auf reduktionistische, postmoderne Kühle, behauptete der

Herr im Laufe des Imbisses, welchen er aufs Zimmer hatte servieren lassen, aber der Fürstenhof sei heute eben angesagt mit seiner rotgoldenen Opulenz und den Kristallleuchtern und Stuckdecken, seiner Dekadenz, ja Morbidität. Nicole sah den Herrn ratlos an und nickte. Sie hatte sich nach seinen Wünschen gestylt, das Haar straff nach hinten gegelt, die Augenbrauen rasiert und mit Kajal nachgezogen. Falsche Wimpern, dicker Lidstrich. Glänzend rote Lippen verbargen ihre schlechten Zähne. Nackt saß sie dem Herrn gegenüber und genoss, während er sie betrachtete, Parmaschinken mit Erdbeeren und Champagner. Er war ihr richtig dankbar, auf rohe Austern – „die wirst du ja wohl nicht mögen, essen wir also lieber frugal" – verzichten zu dürfen. Das schleimige Zeug war ihm selbst ein Gräuel, mehr noch als Kaviar. Busen könnte sie ja ruhig mehr haben, befand er, aber die flache, schlanke weibliche Silhouette entspreche heute ohnehin mehr dem Zeitgeist. Wie Nicole hatte auch der Herr die Angewohnheit, in seine kulturphilosophischen Betrachtungen das Wort „heute" einzuschieben. Nicoles Lippenstift war exakt von der Farbe der schweren Samtvorhänge, welche der Herr zugezogen hatte, um die Nachmittagshitze und die Blicke der Gürtel-Passanten draußen zu halten. Stolz warf Nicole den Kopf in den Nacken und musterte unter halb gesenkten Lidern ihr Gegenüber, einen drahtigen kleinen Mann Mitte fünfzig mit randloser Brille, dichter Körperbehaarung und beginnender Glatze. Nie wieder würde die Arroganz ihres Stupsnäschens dermaßen gut zur Geltung kommen. Als er sie seine „Göttin" nannte, fühlte sie sich wenigstens wie eine Königin. Ihr Blick verschwamm. Ob er ihretwegen seine Frau verlassen würde? Denn eine solche musste es wohl geben, sonst hätte er seine Geliebte, ach, was für ein schönes, supermarktkassaunverträgliches Wort, zu sich nachhause in seine Villa mit Pool, Alarmanlage und Garagentorfernbedienung eingeladen.

Gedankenverloren biss sie in ihr Brot. Ein Krümel fiel auf den Teppich. Der Herr bückte sich, hob es auf und legte es mit erzieherischem Nachdruck auf Nicoles Teller.

„Du isst wie ein Schweinchen", sagte er.

Sabine Wallinger

Das Haus

Schon seit einiger Zeit dachte sie darüber nach, das Haus zu verkaufen. Jeder Raum war gepflastert mit Erinnerungen, tapeziert mit Schemen der Vergangenheit. Oder vielleicht waren es ja auch nur Algenflecke, die sich ausbreiteten. An den Wänden zerflossen die Uhren. Jede Fuge in den Dielenbrettern, jede Ritze in der Mauer atmete Gewesenes aus, Verwesendes, so nahm sie es wahr, ja, süßlichen Verwesungsgeruch witterte sie, nicht einmal unangenehm, wenn man sich erst einmal daran gewöhnt hatte, sondern beinahe verführerisch. Der Duft sickerte aus den Abflüssen, aus den Schränken, Putzeimern, sogar aus den Steckdosen. In den Keller wagte sie sich schon lange nicht mehr. Auch in den höheren Etagen war längerfristige Bevorratung unmöglich geworden. Nach wenigen Tagen waren Lebensmittel von feinen Fäden durchwachsen, bald von einem dichten Pelz überzogen. Nicht einmal aus dem Kühlschrank ließ sich der Modergeruch verbannen.

Das Haus ächzte wie unter ständiger Spannung, knackte, gurgelte, pfiff. Heerscharen seltsamer Insekten drangen durch seine Poren ins Innere, und versuchte die Frau einmal zu lüften, frischen Wind hereinzulassen, so krochen lange Triebe jener Schlingpflanzen, welche die Mauern in fester Umklammerung hielten, ins Zimmer. Längst hatte sie es aufgegeben, die Ranke zurück zu schneiden. Wie bei einer Hydra trieben an jeder Schnittstelle neue, immer dickere Sprosse aus. Ich lebe in einem Kadaver, dachte sie, ich muss hier weg, ich bin selbst nur mehr ein Schatten. Seit die Kinder aus dem Haus sind, seit es nicht mehr von Leben, Lieben, Lachen, Leiden, Zores, Zorn und Zetern erfüllt ist, verfällt es nur mehr und ich damit.

Ich verkaufe, es ist soweit, beschloss sie eines Abends, als sie in der Ecke ihres Zimmers eine Pilzkultur bemerkt hatte, kleine, zierliche Schwämme mit filigranen Schirmchen, eigentlich hübsch anzusehen, wie eine Sommerszene auf einem impressionistischen Gemälde. Am Vortag hatte sie eine Schlange beobachtet, die durch einen von Holzwürmern zerfressenen Türrahmen ins Innere gekrochen und irgendwo im Dunkel des Hausflurs verschwunden war. Wo sich das Tier aufhielt, wusste sie nicht. Zwar hatte sie keine Angst vor Schlangen und war sich sicher gewesen, nichts als eine harmlose, gelbschwarze Ringelnatter gesehen zu haben. Trotzdem –, dachte sie, ich verkaufe das Haus samt allen Leichen, die im Keller vergraben sind, mit seinen eingemauerten Waffen, mit all seinen ungesehenen Räumen hinter den verrosteten Türangeln und Schlössern. Ich werde es ohnehin nie schaffen, sie aufzubrechen, mögen andere sehen, was dahinter ist, vielleicht sind es ja nur hübsche kleine rosa Puppenmöbel, eine Puppenküche mit winzigen Löffelchen und Tellerchen, Frisiertischchen mit Kämmchen und Spiegelchen, vielleicht eine kleine Garage mit einem blitzblauen Plastikkabrio, in welchem sich Bug's Bunny fröhlich eine Karotte in die Backen stopft und seine Hasenzähne bleckt. Wer weiß das schon. Vielleicht sind es ja auch Kammern mit erhabenen Gewölben und einem offenen Kamin, an deren rußigen Wänden Ahnenbilder hängen oder auch blankgescheuerte kupferne Gugelhupfformen und Schöpfer aus Messing und hölzerne Kochlöffel und Krüge aus Zinn und steinerne Schneidbretter, oder vielleicht eine acht Meter hohe Bibliothek mit ledernen Buchrücken und einem vergreisten Bibliothekar, der längst alle Hoffnung aufgegeben hat, jemand könnte noch kommen und ein Buch entlehnen ... vielleicht ... Erschöpft schlief sie ein.

Sie hatte vergessen, das Fenster zu schließen. Es dauerte nur wenige Stunden, bis die Mauerkletterpflanze einen ihrer vielen Arme hereinwachsen lassen hatte, ihn sanft um den Hals der Frau legte und ihn zuschnürte. Die Schnecken kamen zu Hilfe gekrochen, große, nackte Tiere, braunglänzend wie edle Pferde, und hatten ihr Werk noch in derselben Nacht vollendet.

Als die Bagger einige Wochen später den Schutt der eingestürzten Mauern beiseite räumten, fanden die Arbeiter dort, wo früher das Bett der Frau gestanden haben musste, ein kleines, im Dunkeln grünlich phosphoreszierendes Skelett, eines, wie man es Kindern zum Lernen oder auch zum Gruseln schenkt, von einer Art Zellophan umspannt. Oder war es auch nur getrockneter Schneckenschleim. In der Nachbarschaft wurde gemutmaßt, dass die Frau, die zuletzt hier gewohnt haben musste, nicht besonders glücklich gewesen war in allem, was sie tat. Ihre Kinder lebten längst anderswo und wussten mit dem Grundstück nichts Besseres anzufangen, als es zu verkaufen und den Erlös unter sich aufzuteilen. Damit sie ihr Erbe antreten konnten, musste ihre Mutter für tot erklärt werden, und da es einen Leichnam zu bestatten galt, ließen sie mangels anderer Überreste das kleine grüne Plastikgerippe samt Haltestange und Zellophanhülle ins Krematorium überführen. Nichts blieb davon übrig, da die Asche wegen einer behördlich verordneten, aber versehentlich zu früh angesetzten Krematoriums-Reinigung in den Staubsaugerbeutel der Reinigungsfirma wanderte.

Nur einer der Bauarbeiter hatte sich beim Wegschaffen der Trümmer ein kleines, aufziehbares, blitzblaues Plastikkabrio mit einem dümmlich grinsenden Hasen darin als Souvenir für seine Kinder eingesteckt.

Sabine Wallinger

Kurzbiografien der neun Autorinnen

Tina Bader, Jahrgang 1956, geboren in Innsbruck, Germanistin mit sozial-arbeiterischer Vergangenheit. Arbeitet als Deutsch-, EDV- und Grundbildungs-Trainerin. Nebenbei Leiterin von Kreativen Schreibgruppen, Biografiearbeiterin, Lektorin. Lieblingsbeschäftigung: Katzen zum Schnurren bringen.

Hedwig Dejaco, Jahrgang 1942, geboren in Oberösterreich, Germanistin und Anglistin, lebt in Absam bei Innsbruck, schreibt in Schreibgruppen, bietet Schreib- und Theaterworkshops an und spielt auch selbst. Ihre jüngste Leidenschaft ist die Beschäftigung mit Kräutern.

Doris Eybl, Jahrgang 1944, geboren in Wels, arbeitete nach 23 Jahren Hausfrau und Mutter (4 Söhne) als Sozialpädagogin im Schülerhort. Nebenbei Ausbildung zur Supervisorin und Mediatorin, als solche derzeit in eigner Praxis tätig. Ihr Riesenhund Poidl und die Gartenarbeit halten sie fit.

Ulrike Jussel, Jahrgang 1953, aufgewachsen in Vorarlberg. Kam zum Studium der Ökologie nach Innsbruck und blieb 40 Jahre in Tirol. Seit ihrer Pensionierung lebt sie auf einem Hof in der Steiermark, arbeitet auch fotografisch, porträtiert Menschen durch Aufnahmen aus ihrem persönlichen Umfeld und kocht gerne vegetarisch.

Maria Kandolf-Kühne, Jahrgang 1950, geboren in Vorarlberg, Anglistin und Historikerin, lebt bei Innsbruck, unterrichtete an einer BHS, hält Kurse für internationales Tourismus-Englisch, spielt Theater, schreibt in zwei Schreibgruppen, gibt Lesungen, liest und reist fürs Leben gern.

Margareta Langer, Jahrgang 1965, geboren in Kufstein, studierte in Salzburg am Mozarteum Bildnerische Erziehung und an der Uni Geschichte. Seit 1992 ist sie zurück in Kufstein, wo sie am Gymnasium unterrichtet. Ihre künstlerische Arbeit und ihre Lehrtätigkeit beeinflussen sich gegenseitig und bilden für sie eine glückliche Symbiose.

Almud Magis, Jahrgang 1946, geboren in Düsseldorf (BRD). AHS-Lehrerin i.R., Psychodramaleiterin, Theaterpädagogin, Leiterin einer Generationentheatergruppe, schreibt besonders gern in der Gruppe, liebt das Theater, Engel, Dackel und das Schwimmen im Meer.

Linda Quehenberger-Dobbs, Jahrgang 1947, geboren in Bridgeport, Connecticut, U.S.A. Sie studierte englische und amerikanische Literatur in Seattle, Film und moderne Literatur in Newcastle, G.B. Ab 1971 unterrichtete sie an der Amerikanistik in Innsbruck, hielt Kurse in Creative Writing, Film und Theater. 20 Jahre lang leitete sie das English Theatre an der Universität Innsbruck. Seit ihrer Pensionierung genießt sie das Leben in der „slow lane“: Enkelkinder, Yoga, Schreiben, Lesen, Chor, FreundInnen, Wandern und Reisen. There's life after work!

Sabine Wallinger, Jahrgang 1957, Studium der Germanistik und Romanistik, arbeitet in Innsbruck als Sprachenlehrerin. Sie engagiert sich für die gedächtnispädagogische Plattform erinnern.at, wo einige ihrer Reportagen und Essays veröffentlicht sind. Das Nicht-Vergessen ist ihr ein Anliegen, die meisten ihrer Texte entstehen jedoch aus purer Schreiblust.